Deseo

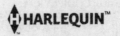

D1516950

DONDE PERTENECES

MICHELLE CELMER

H HARLEQUIN™

Editado por HARLEQUIN IBÉRICA, S.A.
Núñez de Balboa, 56
28001 Madrid

© 2014 Michelle Celmer
© 2014 Harlequin Ibérica, S.A.
Donde perteneces, n.º 2012 - 26.11.14
Título original: Coroselli's Accidental Heir
Publicada originalmente por Harlequin Enterprises, Ltd.

I.S.B.N.: 978-84-687-4798-9
Depósito legal: M-24087-2014
Editor responsable: Luis Pugni
Impresión en CPI (Barcelona)
Fecha impresion para Argentina: 25.5.15
Distribuidor exclusivo para España: LOGISTA
Distribuidor para México: CODIPLYRSA
Distribuidores para Argentina: interior, BERTRAN, S.A.C. Vélez
Sársfield, 1950. Cap. Fed./ Buenos Aires y Gran Buenos Aires,
VACCARO SÁNCHEZ y Cía, S.A.

Capítulo Uno

En veintitrés años, nueve meses y dieciséis días, Lucy Bates había tomado un buen número de decisiones cuestionables. A causa de su naturaleza impulsiva, su insaciable curiosidad y una ocasional falta de sentido común, se había encontrado en más de una situación complicada. Pero su situación actual superaba con creces todo lo anterior.

«Nota: la próxima vez que tengas la brillante idea de dejar a un hombre y trasladarte al otro extremo del país con la esperanza de que él te siga, olvídalo».

Tony no solo no la había seguido, sino que se había buscado a otra. Tras pasarse un año saliendo con Lucy, y sin haber mencionado la posibilidad de llevar la relación a otro nivel, iba a casarse con una desconocida con la que no llevaba saliendo ni dos meses, y que no estaba embarazada de un hijo suyo.

Lucy sí lo estaba. El suyo era el típico caso de la pobre chica que se enamora de un hombre rico y acaba embarazada. Y aunque la verdad era más complicada, sabía que todo el mundo, Tony incluido, lo vería de aquella manera.

–Hemos llegado –anunció el taxista.

Lucy miró por la ventanilla. La mansión Caroselli estaba en uno de los barrios más antiguos y famosos de Chicago, y su inmenso tamaño hacía empequeñecer las casas vecinas, aunque un poco ostentosa para el gusto de Lucy. Los coches de lujo y los todoterrenos se alineaban en la calle, y los niños jugaban en un parque cercano. Tony le había contado que a su abuelo, el fundador del Chocolate Caroselli, le gustaba sentarse en el estudio para ver jugar a los niños. Decía que le recordaba a casa. A Italia.

Lucy pagó la carrera y se bajó del taxi. El sol brillaba con fuerza, pero el aire era frío.

Había gastado todos sus ahorros en un billete de ida y vuelta de Florida a Chicago, por lo que tendría que echar mano de su tarjeta de crédito. Y si también la agotaba, bueno, ya se le ocurriría algo, como siempre.

Pero ya no se trataba solo de ella. Tenía que empezar a pensar como una madre y anteponer su bebé a todo.

Se llevó una mano al vientre y sintió las pataditas de unos pies diminutos. Nunca se había sentido tan confusa, aterrorizada y entusiasmada en toda su vida.

Se prometió a sí misma que, si conseguía salir de aquel embrollo, nunca más volvería a actuar por impulso en toda su vida.

Y esa vez estaba decidida a cumplirlo.

–Lo tienes justo donde lo querías –le había dicho su madre–. Te ofrezca lo que te ofrezca a cambio de tu silencio, pídele el doble.

4

Así era su madre.

–No quiero su dinero –respondió Lucy–. No quiero nada de él. Simplemente creo que debería saberlo antes de casarse.

–¿Y no puedes llamarlo por teléfono?

–Necesito hacerlo cara a cara –se lo debía, después de cómo se había comportado ella. Tony no la quería, eso era evidente, pero el bebé también era suyo. Lucy no tenía derecho a ocultárselo.

–¿Arruinándole su fiesta de compromiso?

–No voy a arruinar nada. Hablaré con él antes de la fiesta.

Con lo que no había contado era con que su vuelo llevara dos horas de retraso, lo cual solo le dejaba un par de horas para hablar con Tony y volver al aeropuerto a tomar el avión de vuelta. La fiesta ya había comenzado, pero Lucy no tenía intención de montar una escena. Con un poco de suerte, la gente la tomaría por una invitada más. Una amiga de la novia, tal vez.

Lo único que necesitaba de Tony eran cinco minutos de su tiempo, y luego cada uno podría seguir con su vida.

Si Tony quería formar parte de la vida de su hijo, genial. Si de vez en cuando le daba un puñado de dólares para ayudarla con los gastos, le estaría eternamente agradecida. Y si no lo hacía, si no quería saber nada de ella ni del bebé, sería una amarga decepción, cierto, pero lo entendería.

Al fin y al cabo, ¿no había sido ella la que marcó los límites de su aventura? Sin obligaciones ni expectativas de ningún tipo. ¿Cómo podía esperar que Tony asumiera una responsabilidad que nunca había deseado?

–Aunque no estuviera comprometido jamás se casaría contigo, con o sin bebé –le había asegurado su madre–. Los hombres como él solo quieren una cosa de las mujeres como nosotras.

Tenía razón. Lucy se había repetido un millón de veces que Tony era demasiado bueno para ella. Si quería algo serio lo tendría con una mujer de su clase social. Y eso era exactamente lo que había hecho.

Ella y Tony pertenecían a dos mundos diferentes, y Lucy había sido una ingenua al creer que la seguiría hasta Florida y que le suplicaría que volviera con él. Lo único que podía hacer era renunciar a su orgullo y aceptar la ayuda económica de Tony, en el caso de que se la ofreciera.

«Ahora o nunca», pensó ante la imponente mansión. Subió rápidamente los escalones del porche y llamó a la puerta. Las rodillas le temblaban y el corazón amenazaba con salírsele del pecho, pero nadie respondió. Llamó de nuevo. Nada. ¿Podría ser que el tipo que le envió el correo se hubiera equivocado con la fecha de la fiesta? ¿O con el lugar?

¿Y qué mujer en su sano juicio haría caso al mensaje que le enviaba un «amigo» anónimo?

Probó a girar el pomo y descubrió que no estaba cerrado con llave. Bien, ¿y por qué no añadir el allanamiento de morada a su lista de infracciones? Abrió la puerta y se asomó al interior. No vio a nadie y entró, cerrando sin hacer ruido tras ella.

El vestíbulo y el salón estaban elegantemente decorados e impolutos, pero la casa parecía desierta. ¿Dónde demonios se habían metido todos?

Estaba a punto de volver a salir cuando oyó música procedente de la parte trasera.

Pensó que tal vez podría colarse en la fiesta sin ser vista y siguió el sonido de la música a través de un comedor espectacular, decorado en tonos rojos y dorados y con una mesa lo bastante larga como para acomodar a un pequeño ejército.

La música se detuvo bruscamente y Lucy se giró. Al otro lado del comedor había un enorme salón con una chimenea de piedra, el techo altísimo y un montón de sillas alineadas a ambos lados de una alfombra...

«Dios mío».

No era una fiesta de compromiso. ¡Era una boda! Los invitados sentados en las sillas plegables tapizadas de satén, la novia con su esbelto cuello y los pómulos marcados, luciendo un vestido simple pero elegante que dejaba a la vista un par de larguísimas piernas. Era casi tan alta como Tony, que medía un metro noventa.

Y hablando de Tony...

A Lucy le dio un vuelco el corazón al verlo. Con un traje a medida y sus negros cabellos peinados hacia atrás parecía salido de la portada de la revista *GQ*, tan sexy como la primera vez que lo vio en el bar donde ella trabajaba. Se dio cuenta de lo mucho que lo había echado de menos y de cuánto lo necesitaba... Ella, que hasta el año anterior nunca había necesitado a nadie.

¿Qué debía hacer? ¿Sentarse en una de las sillas vacías y esperar a que acabara la ceremonia para hablar con él? ¿O darse la vuelta, salir de allí sin que nadie la viera y llamarlo por teléfono más tarde, como su madre le había sugerido?

–¿Lucy?

Se sacudió el estupor y se dio cuenta de que Tony la estaba mirando. Y no solo él. También la novia y los invitados tenían la mirada fija en ella.

«Oh, cielos».

Permaneció inmóvil, sin saber qué hacer. Había ido a hablar con Tony, no a interrumpir su boda. Pero ya estaba allí y la boda se había interrumpido. Escapar o tratar de esconderse no era una opción. De manera que, ¿por qué no hacer lo que la había llevado hasta allí?

–Lo siento mucho –dijo, como si una disculpa tuviera algún sentido. Después de aquello sería un milagro si Tony volvía a hablarle–. No pretendía interrumpir.

–Pues lo has hecho –repuso Tony, inexpresivo. En una ocasión le había dicho que admiraba su coraje y la pasión con que defendía sus ideas, pero en aquellos momentos no parecía estar pensando en eso–. ¿Qué quieres?

–Tengo que hablar contigo en privado.

–¿Ahora? Por si no te has dado cuenta, me estoy casando.

Desde luego que se había dado cuenta. La novia los miraba a uno y a otro con el rostro pálido, como si fuera a desmayarse en cualquier momento. O quizá fuera aquel su aspecto natural.

Bien mirado, tenía un notable parecido con Morticia Addams.

–¿Tony? ¿Quién es esta? –preguntó con una mueca de disgusto.

–Nadie importante –respondió él. A Lucy le dolieron sus palabras, pero se animó al pensar que muy pronto se las tragaría.

–Se trata de algo importante.

–Cualquier cosa que tengas que decirme, puedes decírmela aquí –le dijo Tony–. Delante de mi familia.

–Tony…

–Aquí –insistió él.

Lucy supo que no iba a ceder. Pues bien, si era lo que él quería…

Mantuvo la cabeza alta y se abrió la chaqueta para revelar el bulto de la barriga bajo la camiseta. Un gemido ahogado se elevó de la multitud. Lucy jamás podría olvidar aquel sonido ni la expresión de los rostros. Si la intención de Tony había sido avergonzarla o humillarla, el tiro le había salido por la culata. Era su novia la que parecía muerta de vergüenza.

–¿Es tuyo? –le preguntó a Tony, y él miró a Lucy con expresión inquisidora.

«¿Tú qué crees?», le respondió ella con la mirada.

–Alice… Lo siento, pero tengo que hablar un momento con mi… con Lucy.

–Me temo que te llevará más de un momento –dijo Alice. Se quitó el anillo del dedo y se lo tendió–. Y algo me dice que no voy a necesitar esto.

–Alice…

–Cuando accedí a casarme contigo no había ninguna amante embarazada que formara parte del trato. Vamos a dejarlo aquí, ¿de acuerdo?

¿Un trato? ¿Eso era lo que significaba el matrimonio para Alice? Parecía enojada y humillada, y sin duda querría sacarle los ojos a Lucy, pero su expresión no era la de una mujer dolida.

Tony no intentó hacerla cambiar de opinión. Obviamente sabía que era inútil. O quizá no la amara tanto como pensaba. Lucy no pudo evitar la sensación de estar haciéndole un favor, aunque dudaba que él lo viese de igual manera. Seguramente nunca podría perdonarla.

Alice intentó devolverle el anillo, pero él negó con la cabeza.

–Quédatelo. Considéralo una disculpa.

Una disculpa bastante cara, a juzgar por el tamaño del diamante.

Alice se quedó con el anillo, aceptando elegantemente su derrota, y Lucy sintió lástima por ella.

–Recogeré mis cosas.

Una mujer de la primera fila a la que Lucy reconoció como la madre de Tony se puso en pie. A pesar de calzar unos tacones de siete centímetros apenas le llegaba al hombro a la que había estado a punto de convertirse en su nuera.

–Déjame que te ayude, Alice –entrelazó el brazo con el suyo y la sacó del salón. La mirada que le lanzó a Lucy hablaba por sí sola.

«Espera a que te ponga las manos encima». Tenía más de sesenta años y no abultaba más que

Lucy, sin el peso del bebé, lógicamente, pero si se parecía en algo a su hijo sería una adversaria formidable. Y después de lo que Lucy acababa de hacer, serían enemigas para siempre.

Otra estupidez de la que lamentarse. Había echado a perder la relación con la abuela de su hijo antes incluso de conocerse. En el mundo de Lucy esas cosas pasaban a menudo, pero los Caroselli eran gente refinada y sofisticada y pertenecían a otra esfera social. ¿Cómo había sido tan ingenua de creer que podía tener un futuro con Tony? Su madre tenía razón. Los hombres como él no se casaban con mujeres como ella.

En cuanto Alice abandonó el salón empezaron los susurros y los murmullos. Lucy no pudo oír lo que decían, pero podía imaginárselo.

Un hombre al que reconoció como el padre de Tony se adelantó para hablar con él y agarrarlo del brazo. Físicamente no podrían haber sido más distintos. Tony era alto y esbelto, mientras que su padre era bajo y fornido. El único rasgo que compartían era la nariz de los Caroselli.

Intercambiaron unas pocas palabras y su padre se marchó en busca de su mujer, pero no antes de lanzarle a Lucy una mirada asesina.

Lucy ya se sentía bastante mal, y nada de lo que pudieran decirle o hacerle podría empeorar la situación.

Tony se acercó a ella con una expresión inescrutable, pero tan arrebatadoramente atractivo que hacía daño mirarlo. Lucy tuvo que refrenarse para no abrazarse a él con todas sus fuerzas.

11

Al principio de su relación había creído estúpidamente que el rasgo más atrayente de Tony era su inaccesibilidad emocional. Naturalmente lo veía así porque ella nunca se había enamorado y creía ser inmune a la experiencia. Y cuando se dio cuenta de lo que le estaba pasando ya era demasiado tarde para evitarlo. Se había enamorado de Tony.

Él la agarró del brazo.

–Vamos.

Ella titubeó.

–¿Adónde?

–A cualquier sitio menos este –murmuró él, mirando a los invitados. Se habían reunido en pequeños grupos y observaban la escena con gran interés. Tony le había dicho un millón de veces que en su familia eran todos unos fisgones entrometidos, y ella no podría haber elegido un momento peor para soltar la bomba.

Tony la agarraba con firmeza, obligándola a acelerar el paso para seguirlo hasta el coche. Pero a Lucy no le importaba, porque al menos la estaba tocando. ¿Cómo se podía ser tan patética?

Tony la hizo subir al coche y él se sentó al volante, pero no arrancó el motor. Lucy se preparó para la inminente explosión y para que la acusara de haberle arruinado la vida. Lo último que se esperaba era que Tony se echara a reír…

Lucy lo miraba como si se hubiera vuelto loco, y seguramente estuviese en lo cierto. Había aparecido de la nada cuando él se disponía a cometer el mayor error de toda su vida. Y cuando la vio, lo único que pudo pensar fue en darle las gracias a Dios por no tener que hacerlo.

–¿Estás bien? –le preguntó ella.

Muy cuerdo no debía de estar cuando le había ofrecido un trato a Alice después de llevar apenas un mes saliendo. No se amaban, pero ella quería un hijo y él necesitaba un heredero varón. ¿Quién podría criticarlo por casarse cuando había una herencia de treinta millones de dólares en juego? Desde el primer momento sabía que era un error, pero se había consolado pensando que el matrimonio solo duraría hasta que tuvieran un hijo. Luego él y Alice se irían cada uno por su lado.

Pero cuando la *Marcha nupcial* empezó a sonar y vio a Alice caminando hacia él, descubrió que no solo no la amaba, sino que ni siquiera le gustaba. Aunque solo se hubieran soportado un año, hubiera sido un suplicio. Y si hubieran tenido un hijo Tony habría estado encadenado a ella el resto de su vida, con o sin divorcio.

Todo se había evitado gracias a Lucy, quien parecía tener el don de aparecer justo cuando más la necesitaba. Era como escuchar la voz de la razón cuando se comportaba como un idiota. Y últimamente, sobre todo desde que ella se marchó, había hecho más idioteces de la cuenta.

Apuntó con la barbilla hacia la barriga de Lucy.

–¿Es esta la razón por la que te marchaste?

Ella se mordió el labio y asintió.

–No lo entiendo. ¿Por qué no me lo dijiste?

Lucy evitó su mirada y retorció las manos en el regazo.

—Soy la primera en admitir que no he manejado bien la situación, y nada puede justificar mi comportamiento. Pero no he venido porque quiera o necesite algo de ti, ni tampoco era mi intención interrumpir tu boda. Ha sido una desafortunada coincidencia.

Una bendita coincidencia, pensó él.

—¿Y entonces por qué has venido?

—Oí que ibas a casarte y pensé que antes debías saberlo. Pero no sabía que fueras a casarte hoy. Me dijeron que era una fiesta de compromiso.

Aquello explicaba su expresión de horror al darse cuenta de dónde se había metido.

—¿Quién te lo dijo?

—Eso no importa. Te juro que no quería causarle problemas a nadie. Solo quería hablar contigo.

Lucy nunca buscaba problemas, no albergaba el menor resentimiento de deseo de venganza hacia nadie, y sin embargo, los problemas siempre la encontraban a ella.

Tony tenía motivos para estar enojado, pero su primer impulso al verla en la puerta del salón, boquiabierta y aturdida, fue ir hacia ella y estrecharla entre sus brazos.

—Pues habla. ¿Por qué no me lo dijiste antes?

—Ya sé que tendría que haberlo hecho. No... no quería ser esa chica.

—¿Qué chica?

—No quería que pensaras que me había que-

14

Nick apoyó los brazos en la puerta y miró a
ny y a Lucy.

—¿Va todo bien por aquí?

—Lucy, ¿te acuerdas de mi primo Nick?

—Hola, Lucy —la saludó Nick con una radiante
risa—. ¿Puedo ser el primero en felicitaros?

Tony vio el destello de curiosidad en los ojos de
ck y supo lo que estaba pensando. Se estaba pre-
ntando si Tony iba a aprovecharse de la oferta
l abuelo. Tanto Nick como Rob habían renun-
do a su parte de la herencia para salvar sus ma-
monios. Tony no tenía nada que salvar, pero
ra conseguir el dinero tendría que acatar las re-
s del abuelo y casarse con Lucy. El problema
que sería que Lucy lo rechazaría a toda costa.

—Mi mujer también está embarazada —le dijo
k a Lucy—. Lo esperamos para el veintiuno de
tiembre.

—El mío para principios de junio —respondió
y. Tony supo que Nick estaba calculando men-
mente, y su ceño fruncido indicó que había lle-
o a la misma conclusión que él: Lucy había sa-
o que estaba embarazada desde mucho antes
se a Florida.

Creía que iba a ser una boda aburrida, pero ha
ltado incluso mejor que la boda de mi her-
a, cuando papá se lio a puñetazos con el novio
amá.

Cómo está Alice? —le preguntó Tony.

igue arriba con tu madre. Carrie va a llevarla
a, y me ha dicho que te diga que no estés aquí
do se vayan.

dado embarazada a propósito para que te sintieras
obligado a ocuparte de mí. Ni siquiera sé cómo
ocurrió. Siempre tuvimos cuidado, o al menos eso
creía.

Tony había aprendido que en la vida no se podía estar seguro de nada, pero de nada servía lamentarse. Lo que tenían que hacer era buscar
la solución a una situación complicada, y haberse
librado de Alice ya era un buen comienzo.

—Lo primero de todo, vamos a dejar clara una
cosa. Ni sospecho de ti ni jamás te creería capaz de
hacer algo tan mezquino. Te conozco mejor que
eso. Tú no eres así, y estoy seguro de que creías hacer lo mejor al marcharte. Pero no debiste ocultármelo.

—Lo sé. No pensé en lo que hacía. Comprendo
que estés furioso conmigo…

—No estoy furioso. Estoy… decepcionado.

Ella volvió a morderse el labio y parpadeó con
fuerza para contener las lágrimas.

—Lo fastidié todo… De verdad que lo siento. Y
también por tu novia.

—No te preocupes por Alice —Tony había intentando convencerse de que todo el mundo se equivocaba respecto a ella, pero en el fondo siempre
había sabido que habría sido una esposa terrible y
una madre todavía peor. Era demasiado materialista, exigente y egocéntrica. Se pasaba horas hablando de la última moda y de sus éxitos como
modelo, y por más que Tony había intentando fingir interés no conseguía prestarle atención.

Cierto que era atractiva, con sentido del humor

y muy buena en la cama, pero nunca habían conectado realmente. No como lo había hecho con Lucy. Desde el primer beso había sabido que Lucy era especial.

Alice encontraría a su pareja adecuada, pero no sería él. No tenían absolutamente nada en común. A ella le gustaba el teatro y él prefería las películas de acción. A ella le encantaban los gatos y él era alérgico. Ella era vegetariana y él no podía pasar sin la carne. Ella escuchaba música New Age y él se decantaba por el rock clásico.

No podía haber dos personas más incompatibles.

—¿La quieres? —le preguntó Lucy.

—Nuestra relación es… era bastante compleja —todos se oponían a aquel matrimonio, incluso el abuelo, quien había intentado casarlo durante años, hasta el punto de sobornarlo con la herencia de treinta millones de dólares, y que no había asistido a la boda como protesta—. Tendrías que haber confiado en mí —le reprochó a Lucy—. Deberías haberme contado la verdad para encontrar juntos una solución.

—Como ya he dicho, lo fastidié todo. Cometí un error. Pero ahora estoy aquí y quiero hacer bien las cosas.

¿Se lo decía en serio? ¿O volvería a desaparecer de su vida sin previo aviso?

Capítulo Dos

Tony tenía tantas preguntas y tanta[s] decirle a Lucy que no sabía por dón[de] Había sufrido un golpe muy duro [...] cuando se pasó por su casa y su compa[ñera] le dijo que Lucy había vuelto a Florid[a ...] dre.

Lucy era una persona muy reserv[ada] nunca había sabido lo que le pasaba p[...] Pero en aquellos instantes, sentado [...] daba cuenta de lo mucho que la hab[ía ...] menos y de hasta qué punto había sid[o ...] su relación. Su familia pensaba que e[...] llado, serio e introvertido, pero con [...] jado la guardia y se había permitido [...] Ella era la única que le había enten[dido ...]

Quizá por eso había sido tan d[...] Tony se había pasado casi toda la vi[da ...] enredos emocionales.

Alguien dio unos golpes en la ve[ntana] dio un respingo. Era su primo Nic[...] tar ni diez minutos sin que alguien [...] acosara. Sus hermanas peque[ñas ...] Elana, no debían de andar muy le[jos ...]

—¿Qué pasa? —espetó al bajar la [...]

Carrie era la mujer de su primo Rob y la mejor amiga de Alice. Era ella la que los había presentado, algo de lo que seguro se estaba arrepintiendo.

Si pudiera volver atrás habría seguido a Lucy hasta Florida y la habría convencido para que se quedara con él y formar una familia, aunque no fuera en el sentido tradicional.

–Carrie también quiere saber si Alice se ha dejado algo en tu casa –dijo Nick.

–Me parece que no, pero echaré un vistazo –Alice solo había estado en su casa un par de veces, lo que hacía de aquella boda un disparate aún mayor. Ni siquiera sabía la edad de Alice…

–Hazlo rápido –le aconsejó Nick–. Ya está hablando de volver a Nueva York en los próximos días.

–¿Para siempre?

–Que yo sepa, sí.

La intención de Tony no había sido echarla de Illinois, pero así al menos no tendría que volver a verla.

La puerta de la casa se abrió y la gente empezó a salir al porche. Por suerte no estaban ni Alice ni sus hermanas.

–¿Qué tal si vamos a mi casa? –le propuso a Lucy.

Ella asintió y miró con preocupación hacia la puerta. Los Caroselli eran famosos por dos cosas: el chocolate y su irrefrenable tendencia a los cotilleos, y Tony ya estaba harto de ambas cosas. Quería vivir su vida como más le gustase, tanto en el aspecto personal como el profesional. Quería hacer lo que fuera mejor para él, no para su familia.

Pero ¿a qué precio?

Se despidió de Nick, quien le hizo un gesto para que lo llamase por teléfono, y arrancó el motor.

–Qué extraño –dijo Lucy.

–¿El qué?

–Después de lo que hecho creía que toda tu familia me odiaría a muerte.

Más bien todo lo contrario. A nadie de su familia le gustaba Alice, y estaba seguro de que si Rob la aceptaba era solo por ser la mejor amiga de su mujer. La noche anterior oyó a su hermana Elana decirle a su madre que Alice no era más que una sanguijuela.

–Olvídate de mi familia –le aconsejó a Lucy–. Esto no tiene nada que ver con ellos. Tenemos que hablar del bebé. Y de nosotros.

–Tienes razón.

–¿Cómo va el embarazo? ¿El bebé y tú estáis sanos?

–Me siento genial. El bebé es muy activo y da muchas pataditas.

–¿Es niño?

Ella se puso las manos en la barriga y esbozó una ligera sonrisa.

–Tengo el presentimiento de que sí.

Eso sería muy conveniente…

–¿Dónde está tu equipaje?

–No he traído nada. No pensaba quedarme, y de hecho… –sacó el móvil– tengo que volver dado embarazada a propósito para que te sintieras obligado a ocuparte de mí. Ni siquiera sé cómo ocurrió. Siempre tuvimos cuidado, o al menos eso creía.

Tony había aprendido que en la vida no se podía estar seguro de nada, pero de nada servía lamentarse. Lo que tenían que hacer era buscar la solución a una situación complicada, y haberse librado de Alice ya era un buen comienzo.

–Lo primero de todo, vamos a dejar clara una cosa. Ni sospecho de ti ni jamás te creería capaz de hacer algo tan mezquino. Te conozco mejor que eso. Tú no eres así, y estoy seguro de que creías hacer lo mejor al marcharte. Pero no debiste ocultármelo.

–Lo sé. No pensé en lo que hacía. Comprendo que estés furioso conmigo…

–No estoy furioso. Estoy… decepcionado.

Ella volvió a morderse el labio y parpadeó con fuerza para contener las lágrimas.

–Lo fastidié todo… De verdad que lo siento. Y también por tu novia.

–No te preocupes por Alice –Tony había intentando convencerse de que todo el mundo se equivocaba respecto a ella, pero en el fondo siempre había sabido que habría sido una esposa terrible y una madre todavía peor. Era demasiado materialista, exigente y egocéntrica. Se pasaba horas hablando de la última moda y de sus éxitos como modelo, y por más que Tony había intentando fingir interés no conseguía prestarle atención.

Cierto que era atractiva, con sentido del humor

y muy buena en la cama, pero nunca habían conectado realmente. No como lo había hecho con Lucy. Desde el primer beso había sabido que Lucy era especial.

Alice encontraría a su pareja adecuada, pero no sería él. No tenían absolutamente nada en común. A ella le gustaba el teatro y él prefería las películas de acción. A ella le encantaban los gatos y él era alérgico. Ella era vegetariana y él no podía pasar sin la carne. Ella escuchaba música New Age y él se decantaba por el rock clásico.

No podía haber dos personas más incompatibles.

—¿La quieres? —le preguntó Lucy.

—Nuestra relación es… era bastante compleja —todos se oponían a aquel matrimonio, incluso el abuelo, quien había intentado casarlo durante años, hasta el punto de sobornarlo con la herencia de treinta millones de dólares, y que no había asistido a la boda como protesta—. Tendrías que haber confiado en mí —le reprochó a Lucy—. Deberías haberme contado la verdad para encontrar juntos una solución.

—Como ya he dicho, lo fastidié todo. Cometí un error. Pero ahora estoy aquí y quiero hacer bien las cosas.

¿Se lo decía en serio? ¿O volvería a desaparecer de su vida sin previo aviso?

Capítulo Dos

Tony tenía tantas preguntas y tantas cosas que decirle a Lucy que no sabía por dónde empezar. Había sufrido un golpe muy duro meses antes, cuando se pasó por su casa y su compañera de piso le dijo que Lucy había vuelto a Florida con su madre.

Lucy era una persona muy reservada, y Tony nunca había sabido lo que le pasaba por la cabeza. Pero en aquellos instantes, sentado a su lado, se daba cuenta de lo mucho que la había echado de menos y de hasta qué punto había sido importante su relación. Su familia pensaba que era un tipo callado, serio e introvertido, pero con Lucy había bajado la guardia y se había permitido ser él mismo. Ella era la única que le había entendido.

Quizá por eso había sido tan duro perderla. Tony se había pasado casi toda la vida evitando los enredos emocionales.

Alguien dio unos golpes en la ventanilla y Tony dio un respingo. Era su primo Nick. No podía estar ni diez minutos sin que alguien de su familia lo acosara. Sus hermanas pequeñas Christine y Elana, no debían de andar muy lejos.

–¿Qué pasa? –espetó al bajar la ventanilla.

Nick apoyó los brazos en la puerta y miró a Tony y a Lucy.

–¿Va todo bien por aquí?

–Lucy, ¿te acuerdas de mi primo Nick?

–Hola, Lucy –la saludó Nick con una radiante sonrisa–. ¿Puedo ser el primero en felicitaros?

Tony vio el destello de curiosidad en los ojos de Nick y supo lo que estaba pensando. Se estaba preguntando si Tony iba a aprovecharse de la oferta del abuelo. Tanto Nick como Rob habían renunciado a su parte de la herencia para salvar sus matrimonios. Tony no tenía nada que salvar, pero para conseguir el dinero tendría que acatar las reglas del abuelo y casarse con Lucy. El problema era que sería que Lucy lo rechazaría a toda costa.

–Mi mujer también está embarazada –le dijo Nick a Lucy–. Lo esperamos para el veintiuno de septiembre.

–El mío para principios de junio –respondió Lucy. Tony supo que Nick estaba calculando mentalmente, y su ceño fruncido indicó que había llegado a la misma conclusión que él: Lucy había sabido que estaba embarazada desde mucho antes de irse a Florida.

–Creía que iba a ser una boda aburrida, pero ha resultado incluso mejor que la boda de mi hermana, cuando papá se lio a puñetazos con el novio de mamá.

–¿Cómo está Alice? –le preguntó Tony.

–Sigue arriba con tu madre. Carrie va a llevarla a casa, y me ha dicho que te diga que no estés aquí cuando se vayan.

Carrie era la mujer de su primo Rob y la mejor amiga de Alice. Era ella la que los había presentado, algo de lo que seguro se estaba arrepintiendo.

Si pudiera volver atrás habría seguido a Lucy hasta Florida y la habría convencido para que se quedara con él y formar una familia, aunque no fuera en el sentido tradicional.

–Carrie también quiere saber si Alice se ha dejado algo en tu casa –dijo Nick.

–Me parece que no, pero echaré un vistazo –Alice solo había estado en su casa un par de veces, lo que hacía de aquella boda un disparate aún mayor. Ni siquiera sabía la edad de Alice…

–Hazlo rápido –le aconsejó Nick–. Ya está hablando de volver a Nueva York en los próximos días.

–¿Para siempre?

–Que yo sepa, sí.

La intención de Tony no había sido echarla de Illinois, pero así al menos no tendría que volver a verla.

La puerta de la casa se abrió y la gente empezó a salir al porche. Por suerte no estaban ni Alice ni sus hermanas.

–¿Qué tal si vamos a mi casa? –le propuso a Lucy.

Ella asintió y miró con preocupación hacia la puerta. Los Caroselli eran famosos por dos cosas: el chocolate y su irrefrenable tendencia a los cotilleos, y Tony ya estaba harto de ambas cosas. Quería vivir su vida como más le gustase, tanto en el aspecto personal como el profesional. Quería hacer lo que fuera mejor para él, no para su familia.

Pero ¿a qué precio?

Se despidió de Nick, quien le hizo un gesto para que lo llamase por teléfono, y arrancó el motor.

—Qué extraño –dijo Lucy.

—¿El qué?

—Después de lo que hecho creía que toda tu familia me odiaría a muerte.

Más bien todo lo contrario. A nadie de su familia le gustaba Alice, y estaba seguro de que si Rob la aceptaba era solo por ser la mejor amiga de su mujer. La noche anterior oyó a su hermana Elana decirle a su madre que Alice no era más que una sanguijuela.

—Olvídate de mi familia –le aconsejó a Lucy–. Esto no tiene nada que ver con ellos. Tenemos que hablar del bebé. Y de nosotros.

—Tienes razón.

—¿Cómo va el embarazo? ¿El bebé y tú estáis sanos?

—Me siento genial. El bebé es muy activo y da muchas pataditas.

—¿Es niño?

Ella se puso las manos en la barriga y esbozó una ligera sonrisa.

—Tengo el presentimiento de que sí.

Eso sería muy conveniente…

—¿Dónde está tu equipaje?

—No he traído nada. No pensaba quedarme, y de hecho… –sacó el móvil– tengo que volver pronto al aeropuerto. De modo que no tenemos mucho tiempo.

Al principio pensó que estaba bromeando. ¿De verdad creía Lucy que él iba a dejarla marchar otra vez? ¿Estando embarazada de un hijo suyo?

Tal vez no hubieran previsto aquello, pero mientras llevara dentro a su hijo era su responsabilidad. Y si resultara ser un varón, convertiría a su padre en un hombre muy rico. Siempre que Lucy se casara con él, claro.

El único problema era que Lucy le tenía tanta fobia a las relaciones como él. Tal vez incluso más. Era ella la que había fijado los límites de su aventura y la que había insistido en que no fuera nada serio. Tony tendría que encontrar el modo de convencerla de que el matrimonio sería lo mejor para el bebé.

–¿Tienes el billete? –le preguntó, y ella asintió–. ¿Puedo verlo?

Sorprendida, sacó una hoja doblada de una riñonera, prácticamente oculta bajo el abultado vientre. Tony nunca la había visto con un bolso convencional, pero Lucy no era una mujer convencional. Era una mujer fiel a su propio estilo.

Lucy le tendió la hoja y él la rompió por la mitad.

–Puedo imprimirlo otra vez –dijo ella.

Él hizo una bola con el papel y la arrojó al asiento trasero.

–Considéralo un gesto simbólico.

–Desde luego, aunque no estoy segura de lo que simboliza.

–No vas a volver a Florida.

–¿Ah, no?

–Vas a quedarte aquí, en Chicago.

–¿Dónde? Mi compañera de piso se mudó a Ohio. Y no tengo trabajo.

–Te quedarás en mi casa. Y en cuanto podamos organizarlo, te casarás conmigo.

Si aquella era la idea que tenía Tony de una propuesta matrimonial no era de extrañar que siguiera soltero.

Había fantaseado miles de veces con que le pidiera matrimonio, pero nunca se le hubiera ocurrido aquella escena en particular.

Aunque técnicamente no se lo había pedido. Más bien se lo había ordenado.

¿Se podía ser menos romántico?

–¿Por qué iba a hacerlo? –preguntó ella, dándole la oportunidad de redimirse.

–Sé que eres contraria al matrimonio y comprendo cómo te sientes, pero creo sinceramente que es lo mejor para el bebé.

Respuesta equivocada.

–Pues a mí no me parece tan buena idea –repuso ella–. De hecho, me parece una pésima idea.

Tony frunció el ceño, dando a entender su desacuerdo.

–No lo es.

–Si me caso contigo, todo el mundo verá corroboradas sus sospechas. Que me he quedado embarazada para echarte el lazo y tener la vida resuelta –igual que su madre había hecho con su padre. Con la diferencia de que su padre había ocultado durante su breve aventura que ya estaba casado, y consecuentemente no tenía el menor interés en ser padre de una hija bastarda. Le había pasado una pensión cada mes, pero al cabo de tres años murió y se llevó a la tumba no solo la ayuda económica, sino la esperanza de que Lucy pudiera conocerlo algún día.

Lucy tenía tres hermanos a los que nunca había visto y con los que no mantenía contacto alguno. No era difícil imaginarse lo que pensaban de ella y de su madre.

—Me aseguraré de que todos sepan la verdad —dijo Tony.

—No servirá de nada. La gente creerá lo que quiera creer, sin importar lo que les cuentes.

El frunció aún más el ceño.

—¿Qué te importa lo que piense mi familia?

Le importaba. Amaba a Tony y quería ser su mujer, aunque su familia nunca la aceptara. Pero así no. No se casaría con él solo porque fuera lo más conveniente o lo mejor para el bebé. No estaba dispuesta a ser el premio de consolación para nadie.

—No puedo casarme contigo.

—Claro que puedes.

—No, de verdad que no puedo.

—Quiero cuidar de ti —le agarró la mano—. De ti y del bebé.

Ella se soltó.

—Gracias, pero sé cuidar de mí misma.

—Si no quieres casarte, ¿te quedarás conmigo? Al menos hasta que nazca el bebé.

–No puedo.

Tal vez estuviera siendo testaruda, pensó al ver la expresión de Tony. Pero ¿cómo no iba a serlo? La cuestión era muy simple: ella amaba a Tony y él se sentía obligado. Vivir juntos ya sería bastante doloroso, pero casarse con él sería una auténtica tortura. Por mucho que intentara engañarse a sí misma creyendo que los sentimientos de Tony cambiarían con el tiempo, si no se había enamorado ya de ella, las probabilidades de que eso ocurriera eran prácticamente nulas.

Tony aparcó cerca de su casa. Lucy se había quedado muy sorprendida la primera vez que la llevó allí. Todo en Tony rezumaba clase y riqueza. Conducía un coche de lujo, bebía el mejor whisky escocés, tenía un armario lleno de ropa de marca, y sin embargo vivía en un modesto apartamento, en un discreto edificio, en lo que parecía uno de los barrios más humildes de la ciudad de Chicago. Claro que, como él mismo había señalado, ¿para qué gastar dinero en una vivienda que apenas usaba?

Siempre habían entrado de la mano en el edificio, y a menudo Tony le había besado en el ascensor. En aquella ocasión, sin embargo, no hizo ademán de tocarla, y Lucy se sintió aliviada y al mismo tiempo decepcionada.

Su historial de aventuras pasajeras le había enseñado a no atarse emocionalmente a ningún sitio, pero cuando Tony abrió la puerta y los dos entraron, sintió un nudo en la garganta. Tenía muchos buenos recuerdos del tiempo que habían pasado allí juntos. En algún momento de la relación había empezado a sentir aquella casa como un segundo hogar, y había llegado a creerse que Tony quería vivir con ella.

Tony cerró la puerta tras ellos, y cuando la tocó en el hombro a Lucy se le detuvo el corazón. Pero entonces se dio cuenta de que solo la estaba ayudando a quitarse el abrigo. Lo dejó en el sofá y arrojó encima su chaqueta y la corbata.

–¿Quieres beber algo? Tengo zumo y refrescos. O puedo hacer té.

–Solo agua, gracias –había periódicos esparcidos en la mesa y una corbata azul colgaba del respaldo del sillón. Nada había cambiado en los últimos cuatro meses, y tampoco se veía la huella de otra mujer.

–Siéntate –le indicó el sofá. Era más una orden que una invitación, y Lucy sentía que la tensión aumentaba por momentos. También el bebé debió de sentirla, porque empezó a hacer cabriolas en el útero.

Oyó a Tony hurgando en el frigorífico. Volvió a aparecer a los pocos segundos con una botella de agua y una cerveza, y se sentó a su lado en el sofá.

La necesidad de tocarlo, de arrimarse, de tumbarlo boca arriba y sentarse a horcajadas sobre él, era tan fuerte como siempre. Deseaba desesperadamente que él la estrechara entre sus brazos, le prometiera que todo saldría bien y le hiciera el amor hasta hacerle olvidar los últimos cuatro meses.

–No puedo dejar que vuelvas a irte –fue todo lo que él dijo.

Era el tipo de hombre que siempre se salía con la suya. Pero en aquella ocasión no iba a conseguirlo.

–No te corresponde a ti tomar esa decisión.

–Y un cuerno –espetó él, asustándola. Nunca había alzado tanto la voz en su presencia, a pesar de todas las veces que Lucy se lo había merecido–. Uno se convierte en padre desde el momento de la concepción, y tú me has privado de compartir esa experiencia contigo.

Tenía toda la razón. Y ella se había privado a sí misma de compartir la experiencia con alguien a quien realmente le importaba. A diferencia de su madre, quien se había pasado el primer mes y medio de embarazo intentando convencerla de que se «librase del problema».

También se había privado de las comodidades más básicas. El sofá de su madre, donde llevaba durmiendo los últimos meses, era extremadamente incómodo. Todas las mañanas se despertaba con un intenso dolor en la espalda o en el cuello. La idea de volver a dormir en una cama y disfrutar de un plácido descanso era realmente tentadora, pero ¿qué pasaría con su corazón?

De nuevo se dijo que no se trataba de lo que ella quisiera, sino de lo mejor para el bebé. Para ello necesitaba cuidarse, y Tony podía ayudarla a hacerlo.

–En el caso de que me quedara contigo, tendría que disponer de mi propia habitación.

–O podrías compartir la mía –le puso la mano en el muslo, y Lucy no tuvo que mirarlo para saber la expresión de su rostro. Una expresión que podía derretirla en cuestión de segundos…

Pero se había prometido que no tomaría más decisiones imprudentes, y por su propio bien no podía dar un paso atrás. En el pasado había albergado la esperanza de que Tony se enamorase de ella, pero eso jamás sucedería. Si iba a quedarse allí tendrían que establecer los límites.

Le agarró la mano y se la retiró del muslo.

–Creo que por el bien del bebé deberíamos mantener una relación platónica. Para no complicar las cosas.

–No se puede culpar a un hombre por intentarlo –dijo él. Ella cometió la estupidez de mirarlo y se encontró con su cautivadora sonrisa y el prometedor brillo de sus ojos–. Puedes quedarte con mi habitación. Yo dormiré en el sofá cama del estudio.

Antes de que ella pudiera protestar sonó el móvil de Tony.

–Es el abuelo –dijo él. Masculló en voz baja y se levantó para dirigirse a la cocina–. Tengo que responder.

Lucy nunca había conocido al abuelo de Tony, pero había oído tantas historias sobre él que era como si ya lo conociera. Le extrañó no verlo en la boda. Según Tony, su abuelo, y también su abuela antes de morir, habían estado presentes en todos los acontecimientos importantes de su vida.

¿Por qué no en su boda?

La llamada apenas duró un minuto.

—Era mi madre —dijo Tony al regresar—. Está en casa de mi abuelo y quería saber si todo iba bien. Quieren que mañana vayamos a su casa para hablar.

La idea de enfrentarse tan pronto a los padres de Tony la llenó de pánico.

—No te preocupes —la tranquilizó él al verle la cara—. Le he dicho que antes tenemos que resolver muchas cosas y que la avisaremos cuando sea el momento de vernos.

—Me gustaría acabar con todo esto lo antes posible —le confesó ella.

—No hay ninguna prisa.

—Yo soy la responsable de todo este jaleo. Tengo que asumir mi responsabilidad.

—¿No crees que estás siendo muy dura contigo?

¿Lo estaba siendo?

—Imagínate cómo te sentirías si tu hijo fuera a casarse y una mujer a la que nunca has visto se presenta en la boda diciendo estar embaraza de él. ¿No querrías saber más de ella y cuáles son sus intenciones?

—Hablas como si estuvieras sola en esto, y yo soy tan responsable como tú.

Lucy dudaba de que su familia lo viera así.

—Sigo pensando que no deberíamos posponerlo.

Él se encogió de hombros.

—Si eso es lo que quieres…

No era lo que quería, sino lo que debía hacerse.

—¿Tu abuelo está bien?

–¿Por qué lo preguntas?

–No lo he visto en la boda, y pensé que tal vez no se encontraba bien.

–Sí, está perfectamente. Lo que pasa es que es un cabezota.

Lucy no entendió lo que quería decir, pero no tuvo tiempo de preguntar, porque el móvil de Tony volvió a sonar. Tony miró la pantalla, maldijo entre dientes y rechazó la llamada. Ni siquiera tuvo tiempo de metérselo en el bolsillo antes de que volviera a sonar. De nuevo rechazó la llamada y esa vez puso el móvil en modo silencioso.

–¿Qué decías?

–Debería decirle a mi madre que no tiene que ir a esperarme al aeropuerto y que no voy a necesitar su sofá.

Tony frunció el ceño.

–¿Te hace dormir en el sofá?

–Era o el sofá o el suelo –no habría sido mucho peor, pero se estremecía al imaginar lo que habría entre las fibras de la vieja moqueta. Los amigos de su madre, si se podían llamar amigos, eran un atajo de borrachos y drogadictos.

–¿No podía dormir ella en el sofá y dejarle la cama a su hija embarazada?

Si Tony supiera la clase de vida que llevaba su madre, no la culparía por no querer ni acercarse a su colchón. Solo Dios sabía lo que podría pillar.

Pero Tony apenas sabía nada de su familia, y era mejor así. Sabía que su madre y ella no estaban muy unidas, pero no tenía ni idea de lo espantosa que había sido la infancia de Lucy, siempre de un lado para otro, malviviendo entre bichos y porquería, pasando hambre, viendo el continuo flujo de hombres que pasaban por el cuarto de su madre.

Tony no sabía que cuando tenía ocho años su madre la dejaba sola y no volvía hasta la mañana siguiente. No sabía que los amigos de su madre miraban a Lucy con sonrisas lascivas y le decían toda clase de groserías. Su madre decía que todo era por culpa de Lucy y que era su actitud provocadora la que atraía el interés de los hombres. Y ella, siendo una niña ingenua e inocente, la había creído. Una parte de ella seguía temiendo que estaba destinada a ser como su madre.

¿Qué pensaría Tony de ella si supiera la verdad? ¿Qué pensaría su familia si descubriera su pasado y los genes que portaba el bebé?

Tony le tendió el móvil.

–Yo no te haré dormir en el sofá –le dijo con un tono amable pero firme–. Haz la llamada.

Todo se reducía a lo que era mejor para el bebé. Por tanto, agarró el móvil e hizo la llamada.

Capítulo Tres

Aunque teóricamente estaba de luna de miel, Tony tenía algunos asuntos que resolver. De modo que a la mañana siguiente fue al gimnasio y después a la oficina. Sabía que en algún momento del día su familia lo acosaría. El día anterior, tras las repetidas llamadas y mensajes de texto sin respuesta, la familia captó la insinuación y dejó de incordiarlo alrededor de las diez de la noche… para comenzar de nuevo a las ocho en punto de la mañana.

Tony quería a su familia y sabía que podía contar con ellos para todo, pero estaba harto de que siempre intentaran meterse en sus asuntos. En algún momento tendría que tratar con ellos. Y acudir al trabajo era la forma más sencilla y rápida de hacerlo.

La secretaria de Tony lo llamó por el interfono.

–Rob y Nick están aquí. Dicen que es urgente.

Tony suspiró con resignación y miró la hora. Las nueve y cuarto. No habían tardado mucho…

–Hazlos pasar.

La puerta se abrió y sus primos entraron en el despacho. Costaba creer que tan solo seis meses antes todos estaban solteros y sin hijos. Dos de

31

ellos se habían casado y los tres estaban esperando un hijo. Y todo por culpa del abuelo.

–Bueno… –dijo Nick, sentándose en el sillón–. ¿Tengo que hacer un hueco en mi agenda?

–¿Para qué?

–Para tu próxima boda –dijo Rob, quedándose de pie detrás de Nick.

–Podéis esperar sentados.

Nick pareció sorprendido.

–¿No vas a casarte con ella? ¿El señor responsable que siempre hace lo correcto?

–Creía que ya habrías fijado la fecha –dijo Rob.

–Estoy trabajando en ello.

–¿Has averiguado por qué se marchó? –le preguntó Nick–. ¿Y por qué ha tardado tanto en decirte lo del bebé?

–¿Estás seguro de que es tuyo? –añadió Rob.

–Sí, estoy seguro de que es mío. En cuanto a las razones de su marcha y de su regreso, es algo entre ella y yo.

–Supongo que dirá que fue un accidente –dijo Rob.

–Fue un accidente –aseveró Tony–. Lucy tenía tan pocas ganas como yo de sentar cabeza.

–¿Cómo puedes estar seguro? –preguntó Nick–. Puede que todo sea una treta.

–No lo es –Lucy era la persona menos taimada que conocía–. Su intención era regresar a Florida anoche. Ni siquiera llevaba equipaje consigo.

–A lo mejor contaba con que le pidieras que se quedara.

–¿Pedir? Prácticamente tuve que suplicarle que

se quedara en mi casa. Y rechazó rotundamente casarse conmigo.

–¿Se lo propusiste? –preguntó Rob.

–Le dije que era lo mejor para el bebé.

–¿Y ella dijo que no? –preguntó Nick.

–Lucy me dejó muy claro desde el primer momento que no quería nada serio. Es una mujer muy independiente y práctica. Los sentimientos solo conseguirían alejarla aún más.

–¿Es un niño? –preguntó Rob.

–Todavía no lo sabemos.

–¿Y si lo es? –quiso saber Nick.

–En ese caso, me quedaré con el dinero. ¿Por qué no iba a hacerlo? –era su billete a la libertad, y sería muy beneficioso para Lucy y para el bebé.

–¿Cómo esperas conseguirlo si ella no quiere casarse contigo?

–Tenéis que entender que para nosotros es diferente. Vosotros estáis felizmente casados con mujeres a las que amáis. Habéis renunciado a una fortuna para demostrarles vuestro amor sincero.

–¿Tú no quieres a Lucy? –inquirió Nick.

–Lo que yo sienta no importa. Pero sé lo que siente Lucy, y en estos momentos es ella la que tiene la sartén por el mango.

–¿Entonces vais a vivir juntos y ya está? –preguntó Rob.

–De momento sí. Al menos hasta que nazca le bebé.

–¿Y luego qué?

–No hace ni un día que Lucy está aquí. Ya tendremos tiempo de pensar en el futuro.

–¿Eso crees?

–Sí, así lo creo. Lucy y yo nos tomaremos esto con calma, paso a paso. Y sería mucho más fácil si los demás nos dierais el tiempo y el espacio que necesitamos.

–Nuestra intención es buena –dijo Nick.

Tony no lo ponía en duda, pero sus buenas intenciones no hacían más llevadera la situación.

–Hay otro asunto del que queríamos hablarte –dijo Rob–. Estamos preocupados por Rose.

Rose Goldwyn, la hija de la secretaria del abuelo, había acudido a ellos el otoño pasado en busca de empleo. Debido a los veinte años de servicio que su madre había prestado en Chocolate Caroselli, se habían sentido obligados a contratarla. Por desgracia, Rose no se parecía en nada a su difunta madre. Hacía su trabajo, pero, a diferencia de Phyllis, quien había sido como una más de la familia Caroselli hasta jubilarse, Rose no terminaba de encajar. La familia y los colegas veían algo extraño en ella.

–Megan habló conmigo ayer –dijo Rob. Megan era su hermana menor, acababa de comprarse su primera casa y había acogido a Rose como compañera de piso–. Me dijo que está un poco asustada por el comportamiento reciente de Rose.

–¿Reciente? –repitió Nick–. A mí lleva inquietándome desde que la contratamos.

–Según Meg, Rose demuestra un extraño interés por la familia –continuó Rob–. Hace muchas preguntas sobre los abuelos.

–¿Qué clase de preguntas? –preguntó Tony.

–Cómo eran, cómo fue su matrimonio…

–¿Qué le importa a ella el matrimonio de nuestros abuelos?

–Y aún hay más. Le preguntó a Meg si tenía vídeos antiguos de la familia.

–Terri y yo la vimos cerca del estudio del abuelo el día de nuestra boda –dijo Nick–. Alegó que estaba buscando el baño y que se había perdido, pero luego bajó las escaleras sin usar el baño. Yo pensé que estaba nerviosa por ser la primera vez que asistía a un evento familiar, pero Terri estaba convencida de que había mentido.

Rob masculló una maldición.

–Hace un par de meses Carrie sorprendió a Rose intentando forzar la cerradura del despacho de mi padre.

–¿Y a nadie se le ocurrió denunciar que alguien intentaba entrar en el despacho del director? –preguntó Tony.

–Dijo que la secretaría de mi padre le había dejado unos papeles en el despacho y que se había olvidado de recogerlos antes de que cerrara con llave. Pero entonces recibió una llamada diciendo que no necesitaba esos papeles.

–Parece que siempre tiene una excusa.

–Carrie dijo que parecía sentirse culpable.

–Razón de más para denunciarlo –dijo Nick.

–No quería causarle problemas a Rose si no había hecho nada malo. Mi intención era indagar por mi cuenta, pero entonces Carrie se quedó embarazada y me olvidé por completo del asunto.

–¿Estamos seguros de que Rose es la hija de

Phyllis? –preguntó Nick–. No podemos preguntár-
selo a Phyllis, ya que está muerta, pero podría ser
una impostora, una espía industrial, o una perio-
dista que quiera sacar a la luz algo gordo.

–¿Sobre el chocolate? –preguntó Tony escép-
tico–. ¿Por qué? ¿O es que hay algo más que yo
desconozca?

–Si lo hay, yo tampoco lo sé –afirmó Rob–. Solo
sé que Meg está preocupada. Y eso me preocupa a
mí.

–Podríamos contárselo a nuestros padres –sugirió Nick.

–¿Y si antes investigamos un poco? –dijo Rob–.
No quiero ponerla en dificultades solo porque su
único crimen sea ser un poco excéntrica.

–Tú decides –repuso Tony.

–Dame un par de semanas.

Tony deseó que Rob descubriera algo esca-
broso. Con un poco de suerte serviría para apartar
la atención de él por una temporada. Al menos
hasta que supiera qué hacer. Lucy se acabaría casando con él, de eso estaba seguro. Solo era cuestión de derribar sus defensas y hacerla entrar en
razón.

El olor a beicon frito despertó a Lucy con una
sonrisa. Tony siempre le había preparado el desayuno cuando pasaban la noche juntos, aunque
solo tuviera tiempo para tostarle el pan o servirle
un cuenco de cereales antes de irse a trabajar.

Abrió los ojos y miró el reloj, tuvo que parpadear varias veces para asegurarse de que veía bien. El reloj marcaba las once y media de la mañana... ¿Cómo era posible? Había estado durmiendo dieciocho horas seguidas.

Recibió un mensaje en el móvil y puso una mueca al agarrarlo y mirar la pantalla. Tenía media docena de mensajes. Todos de su madre.

La noche anterior había tomado el camino fácil y, en vez de llamar, le había enviado un mensaje para decirle que no tenía que ir a recogerla al aeropuerto y que se quedaría un poco más de tiempo en Chicago.

«¿Cuánto tiempo y con quién?», había sido la inmediata respuesta de su madre.

Por tentador que fuera escupirle a su madre sus mismas palabras, «no se casaría con una mujer como yo», aquel tipo de cosas siempre le explotaban en la cara. De modo que, tras pensarlo seriamente, decidió que no valía la pena. Cuanto menos supiera su madre, mejor.

«Con un amigo. No sé cuánto tiempo», fue la respuesta que le escribió. Ni por un momento pensó que su madre estuviera preocupada por ella.

Se levantó de la cama y buscó su ropa, pero recordó que Tony se había ofrecido para lavarla. Seguramente había olvidado sacarla de la secadora.

Se puso la bata de franela de Tony encima de la camiseta que él le había ofrecido para dormir. La camiseta le llegaba por las rodillas, pero la bata no conseguía abarcarle la barriga.

Entró en el baño. Tony siempre había tenido

un cepillo de dientes rosa para ella, pero era del todo improbable que siguiera conservándolo después de tanto tiempo. Su sorpresa fue mayúscula cuando abrió el cajón y encontró el cepillo junto a un tubo de su pasta de dientes favorita. ¿Cómo podía haberse acordado? ¿Y por qué conservaba su cepillo de dientes si pensaba casarse con otra mujer?

Se cepilló los dientes y se peinó con las manos. Siempre había llevado el pelo bastante corto, pero su corte actual, estilo *pixie*, no exigía tantos cuidados y sabía que a Tony le agradaba así.

Se dirigió a la cocina con los nervios a flor de piel por la inminente conversación que la esperaba con Tony. Pero al ver quién estaba friendo el beicon lamentó no haberse quedado en la cama. Se quedó paralizada en la puerta, pensando si podría escabullirse antes de ser vista, pero la madre de Tony debía de tener ojos en la nuca.

–¿Has dormido bien? –le preguntó sin mirarla mientras sacaba las lonchas de beicon de la sartén. Junto al fuego había un plato con tostadas de pan italiano, dorado y crujiente. Como Tony solía prepararle.

La boca se le hizo agua y el estómago comenzó a rugirle.

–¿Dónde está Tony?

–No estaba cuando llegué –respondió ella, apartando la grasa sobrante del beicon con papel de cocina. Con zapatillas de suela plana era aproximadamente de la misma estatura que Lucy, pero ahí acababan las semejanzas.

–¿Cuándo?

–Hace media hora, más o menos –sirvió el beicon en un plato y se giró hacia Lucy con una ceja arqueada–. Espero que tengas hambre.

Le tendió el plato y Lucy lo aceptó con manos temblorosas.

–Siéntate y come antes de que se enfríe.

Lucy obedeció. Era como si su peor pesadilla se hubiera hecho realidad. Encontrarse cara a cara con la madre del hombre que la había dejado embarazada, y encima llevando la camiseta y la bata de ese hombre.

–Debería llamar a Tony –dijo, tirando de la bata para cubrirse la barriga.

–¿Y si hablamos un poco? –preguntó la madre de Tony, sentándose frente a ella–. Me gustaría conocer a mi futura nuera.

–De-deberíamos esperar a Tony.

La mujer rechazó la idea y sonrió.

–Háblame de ti. ¿Cómo conociste a mi hijo?

–Nos conocimos en el bar donde yo trabajaba –le respondió escuetamente Lucy.

–¿Cuánto tiempo estuvisteis juntos?

–Señora Caroselli…

–Llámame Sarah. O mamá. Lo que te resulte más cómodo.

¿Mamá? De ninguna manera.

–No quiero que se haga una idea equivocada. Tony y yo no… solo éramos amigos. Sé que es difícil de creer, pero no vine aquí con intención de desbaratar su boda. Ni siquiera sabía que era una boda. Me enteré de que iba a casarse y supe que tenía que hablarle del bebé. Mi intención era volver a Florida en cuanto hubiese hablado con él.

Sarah la miró con expresión divertida.

–¿Y cómo se lo tomó Tony?

Lucy se removió en la silla. No quería ofender a Sarah o dar a entender que ocultaba algo, pero no le parecía bien hablar de aquello sin que Tony estuviera presente.

–Baste decir que tenemos muchas cosas que resolver.

–En otras palabras, que no me meta donde no me llaman –dijo Sarah, sin parecer en absoluto contrariada.

–Sarah, me imagino lo que piensas de mí. Tú y toda la familia.

–Lucy… ¿Puedo llamarte Lucy?

–Cla-claro.

–Créeme, todos los que te vieron irrumpir ayer en la boda saben que te quedaste tan sorprendida como nosotros. Y la reacción de mi hijo al verte me hace suponer que tenéis una relación bastante complicada.

No se hacía una idea.

–No tienes que responder a eso –continuó Sarah–. No es asunto mío. Lo que de verdad importa es que impediste que mi hijo se casara con esa horrible mujer.

Lucy parpadeó asombrada.

–¿No te gustaba Alice?

–A nadie le gustaba. Para serte sincera, ni siquiera sé si le gustaba a Tony. O si él le gustaba a ella.

–¿Por qué iban a casarse si no se gustaban?

–Eso mismo nos hemos preguntado todos. Pensábamos que estaba embarazada.

Lucy ahogó un gemido de horror. Nunca se le había ocurrido que Alice también pudiera estar embarazada. Aquello explicaría las prisas por casarse, pero ¿qué probabilidades había de dejar embarazadas por accidente a dos mujeres en el plazo de pocos meses? ¿Y dejaría Tony que Alice volviera a Nueva York sabiendo que llevaba dentro un hijo suyo?

–¿Es posible que lo esté? –preguntó, temiendo la respuesta afirmativa.

–Cuando ayer la vi bebiendo champán antes de la ceremonia, se lo pregunté directamente. No lo está.

«Gracias a Dios».

–Yo también me quedé aliviada –dijo Sarah–. Nunca me pareció maternal. No le gustan los niños.

–No todo el mundo está hecho para ser padre. Algunas personas son demasiado egoístas.

–Desde luego. Pero parece que tú no.

Lucy se puso una mano en el vientre y sonrió.

–Este bebé significa todo para mí.

–¿Sabes ya si es niño o niña?

–Tengo el presentimiento de que es niño.

–Cuando estuve embarazada de Tony, sabía que era un niño. ¿Quieres saber qué es antes de que nazca?

–Al principio quería saberlo, pero prefiero que sea una sorpresa.

41

–Me gustan las sorpresas –corroboró Sarah.

–Hay algo que me tiene un poco desconcertada.

–¿El qué?

–Tienes buenos motivos para sospechar de mí...

–Tienes razón. Los tengo.

–Entonces, ¿por qué eres tan amable conmigo?

La pregunta pareció divertir a Sarah.

–¿Tony nunca te dijo que cuando me casé con mi marido estaba embarazada de tres meses?

Lucy negó con la cabeza. Aquello explicaba la buena disposición de Sarah para aceptarla.

–Mis suegros vinieron a Chicago y tenían unos principios morales extremadamente rígidos –le explicó Sarah–. Como te podrás imaginar, no les hizo mucha gracia que yo estuviera embarazada. No solo se negaron a poner dinero para la boda, sino que mi marido tuvo que suplicarles que asistieran.

–¿En serio?

–Sí, pero luego me arrepentí de que fueran. No se molestaron en ocultar lo que pensaban de mí delante de toda mi familia y mis amigos. Fue una situación muy embarazosa. Y dolorosa. El primer año de casada, que debería haber sido la época más feliz de mi vida, fue terriblemente solitario.

–¿Pero las cosas no mejoraron?

–Hicieron falta varios años para que me sintiera cómoda con ellos, como parte de la familia. Al final, Angelica y yo acabamos siendo amigas porque teníamos mucho en común. A las dos nos encantaba cocinar y las dos habíamos nacido en Italia, aunque mi familia era originaria del norte.

»A día de hoy me sigue pareciendo terriblemente triste que perdiéramos tantos años. Para mí habría sido muy importante que me aceptaran desde el principio, y me juré que si alguna vez me encontraba en una situación similar con alguno de mis hijos, le concedería a la otra persona el beneficio de la duda e intentaría conocerla antes de juzgarla. Eso es lo que estoy haciendo contigo.

—Gracias —Lucy nunca sido de lágrima fácil, pero estaba a punto de echarse a llorar. Era estupendo saber que contaba con una aliada. Tal vez si Sarah la aceptaba el resto de la familia la imitase.

—Y ahora a desayunar —dijo Sarah—. Estás en los huesos, muchacha.

—Sí que es verdad —admitió ella, poniéndose colorada. Había intentado llevar una alimentación saludable por el bebé, pero la comida, especialmente la saludable, no abundaba en la casa de su madre.

—Tranquila, yo te haré engordar —le aseguró Sarah—. Como solo una *mamma* italiana puede hacerlo.

Capítulo Cuatro

A las dos de la tarde del que estaba resultando ser el día más largo de su vida, Tony estaba en el coche de camino a casa cuando lo llamó su abuelo. Todos en la familia sabían que cuando el abuelo pedía ver a alguien, lo más sensato era presentarse enseguida. Y por eso Tony se encontraba sentado en el despacho del abuelo, preparándose para recibir un sermón en toda regla.

El abuelo estaba sentado en su sillón junto a la ventana con vistas al parque, con sus huesudas manos entrelazadas en el regazo. A simple vista parecía un anciano inofensivo y apacible, pero Tony sabía lo que ocultaba su frágil apariencia física. Dotado de una mente aguda e implacable, gobernaba la familia con mano de hierro y nada escapaba a su control.

—Esa chica que irrumpió en tu boda... —comenzó a decir, yendo directamente al grano—. ¿Es hijo tuyo del que está embarazada?

—Sí.

—¿Estás seguro?

—Confío en Lucy. Es una buena amiga.

—Parece que es algo más que eso. ¿Es niño?

—Todavía no lo sabemos, pero Lucy cree que sí.

El abuelo asintió, pensativo.

–Si está en lo cierto, podrías convertirte en un hombre muy rico.

–Solo hay un pequeño problema.

–No tan pequeño, a juzgar por tu expresión.

–Lucy se niega a casarse conmigo.

–¿Te ha dicho por qué?

–No quiere que la familia piense que se quedó embarazada a propósito para atraparme.

–¿Lo hizo?

–Por supuesto que no –declaró Tony con vehemencia–. Ella no es así.

–Nos aseguraremos de que toda la familia conozca la verdad. ¿Bastará con eso?

–No lo creo.

–¿Ella te quiere? –el abuelo nunca había dicho que Tony tuviera que estar enamorado de la madre de su hijo, o ella de él, para heredar el dinero. Solo había dicho que tenía que casarse.

–Lucy y yo no tenemos esa clase de relación. Somos amigos.

El abuelo arqueó las cejas.

–¿Entonces qué fue, la inmaculada concepción?

–Claro que no. Solo fue una… –¿una qué? ¿Cómo podía hablar de su vida sexual con su abuelo de noventa y dos años?–. ¿Te suena el término «amigos con derecho a roce»?

–No soy tan viejo –repuso el abuelo–. Aunque en mis tiempos lo llamábamos de otro modo.

–Bueno, pues eso es lo que somos Lucy y yo. Amigos con derecho a roce.

–De modo que ¿es lo bastante buena para acostarse con ella y para dejarla embarazada pero no para desposarla?

–Yo quiero casarme con ella –afirmó Tony, frustrado porque su abuelo no escuchara una palabra de lo que decía–. Le he pedido que se case conmigo. No puedo obligarla.

–¿Le has dicho que la quieres?

¿Qué parte de «amigos con derecho a roce» era tan difícil de entender?

–Le he dicho que era lo mejor para el bebé.

–¿Y se sigue negando?

–No sé qué más puedo hacer –admitió Tony. Tal vez su abuelo se conformara con que el bebé llevara el apellido de la familia–. Aunque no me case con ella el bebé tendrá mi apellido. Será un Caroselli.

El abuelo se inclinó hacia delante con gran esfuerzo.

–¿Me estás pidiendo que modifiquemos el acuerdo?

–Seguirías teniendo el heredero que esperabas.

–Eso es cierto… –se quedó callado y Tony tuvo por un momento la esperanza de que aceptara, pero entonces negó con la cabeza–. No, no puedo hacerlo. No estaría bien. Si quieres la herencia, tendrás que casarte con ella.

–¿Cómo? No dará su brazo a torcer.

–Seguro que se te ocurre algo. Confío en ti.

Tony no supo quién era más testarudo, si su abuelo o Lucy.

–Tráemela –le ordenó su abuelo–. Yo hablaré con ella.

–No creo que…

–Yo sí –zanjó rotundamente el abuelo. Para él solo había un modo de hacer las cosas: la suya–. Mañana, a las tres en punto.

–De acuerdo –aceptó Tony, temiéndose ya las consecuencias–. Pero prométeme que no serás muy duro con ella. Recuerda en qué año estamos y no le hagas lo mismo que le hiciste a mi madre.

El abuelo pareció sorprendido.

–¿Lo sabes?

–Claro que lo sé. Era pequeño, pero no estúpido. Sabía que ni tú ni la abuela la aceptabais, aunque no entendía por qué. Y sigo sin entenderlo. ¿Qué hizo para merecer vuestro desprecio?

El abuelo desvió la mirada hacia la ventana.

–Hay cosas de las que nunca hablamos… por el bien de la familia.

¿Por el bien de la familia o por el suyo?, se preguntó Tony. Fuera como fuera, Lucy no había hecho nada malo.

–Lucy está confundida y asustada, y no quiero que la hagas sentirse peor de lo que ya está. No permitiré que nadie la intimide, ni siquiera tú.

Tony nunca se había atrevido a alzar la voz delante de su abuelo, y mucho menos a hacerle una advertencia semejante. Se preparó para recibir su ira, pero su abuelo pareció más intrigado que furioso.

–¿Ah, no? –preguntó, como si lo estuviera provocando para desafiar al cabeza de familia. Pero Tony no se dejó intimidar. Nunca había entendido por qué su padre había permitido que los abuelos tratasen tan mal a su nuera, pero él no iba a tolerarlo. Su deber era proteger a Lucy como madre de su hijo, no arrojarla a los lobos. Ella ya había sufrido bastante.

–Lo último que quiero es faltarte al respeto, pero Lucy es ahora mi responsabilidad.

–¿Incluso si se niega a casarse contigo?

–Pase lo que pase.

El abuelo sonrió.

–En ese caso, te prometo que la trataré con amabilidad y respeto.

Aquello sonaba demasiado fácil… ¿Dónde estaría la trampa?

–Estaremos aquí mañana a las tres.

–Hablaré con Lucy a solas –dijo el abuelo–. Tráela y vuelve a recogerla al cabo de una hora. Y ahora déjame. Necesito descansar.

Tendría que confiar en que su abuelo mantuviera su palabra y tratase bien a Lucy.

Al aparcar en la calle, a una manzana de su edificio, Tony reconoció un Mercedes blanco aparcado cerca de su portal.

Oh, no, no. No podía ser.

Aceleró el paso, recorrió al trote los últimos metros y subió a toda prisa la escalera en vez de esperar el ascensor.

–¡Madre! –gritó.

Ella salió de la cocina secándose las manos con un trapo. Lucía un aspecto informal pero elegante, con pantalones de lana beis, un jersey rosa y el pelo canoso peinado hacia atrás. A pesar de haber cumplido sesenta y tres años, seguía teniendo un rostro radiante y lozano.

–Hola, cariño.

–¿Por qué, mamá? –se quitó la chaqueta y la arrojó en el respaldo del sofá–. ¿No podías esperar un par de días como te pedí?

Su madre suspiró, recogió la chaqueta y la colgó en el armario.

–¿Y tú no podrías haberte quedado hoy en casa en vez de ir a la oficina? Cuando tu padre me llamó para decirme que habías ido a trabajar solo pude pensar que habías dejado sola a esa pobre chica, sin medio de transporte y sin comida.

–¿Dónde está?

–Duchándose. Le he preparado un buen desayuno.

¿Desayuno? Tony miró el reloj.

–Mamá, son casi las cuatro de la tarde. ¿Cuánto tiempo llevas aquí?

–¿Y eso qué importa? No puedes abandonar a una mujer embarazada en una casa donde no hay más que leche agria, zanahorias resecas, queso enmohecido y mostaza. Necesita una dieta equilibrada. Menos mal que tu padre me llamó y que yo tenía una llave.

Tony intentó refrenar su ira.

–¿Llamaste a la puerta antes de entrar, al menos?

–Pues claro. Y nadie respondió.

De modo que había entrado sin más. Típico de su madre.

–Cuando nadie responde es, o bien que no hay nadie en casa, o bien que quien está no quiere ser molestado.

–Es una suerte que siguiera durmiendo cuando entré. Así no tuvo que despertarse en una casa vacía con una nevera vacía. De nada, por cierto.

La intención de su madre era buena, y aunque seguía sacándolo de sus casillas había que darle la razón. Tony tendría que haberse asegurado de que Lucy tuviera todo lo necesario. No estaba acostumbrado a pensar en nadie más que en sí mismo.

–Agradezco tu ayuda, pero a partir de ahora ya me ocupo yo.

–Para mí ha sido algo nuevo. No es nada habitual que conozca a tus novias.

–Ella no es… –sacudió la cabeza–. No importa.

–Tony, cariño –le puso una mano en el pecho y le dio unos golpecitos afectuosos como si aún fuera un crío–. Prométeme que tendrás paciencia con ella. Va a necesitar todo el apoyo que pueda recibir.

¿Un par de horas con Lucy y su madre ya creía conocerla? Él había estado más de un año con ella y seguía sin saber qué le pasaba por la cabeza. Era una de las mujeres más autosuficientes que conocía, y al mismo tiempo una de las más inseguras.

–Te agradezco el consejo, pero no conoces a Lucy.

–Oh, cariño –su madre sonrió tristemente–. Yo pasé por su misma situación y sé lo que está sufriendo.

Bien pensado, tal vez fuera conveniente escucharla.

–¿Y qué debo hacer, según tú?

–Tienes que estar a su lado, protegerla y darle tiempo. Ella te necesita, aunque tenga miedo de demostrarlo. Y, por amor de Dios, llévala de compras. Se ha presentado aquí con las manos vacías y necesita un millón de cosas.

–¿Como qué?

–Champú, desodorante, un cepillo para el pelo, ropa decente…

Tony tendría que haberlo sabido por él mismo. ¿Qué demonios le ocurría? Se estaba comportando como un cerdo egoísta.

Por eso evitaba las relaciones serias. No se le daban bien. Por suerte, su madre había acudido otra vez al rescate.

–Lo haré, mamá –le agarró la mano y se la besó–. Te lo prometo. Y gracias.

Ella sonrió y le dio un golpecito en la mejilla.

–Este es mi chico.

Siempre había sido el hijo obediente.

–Voy a hablar con Lucy.

–Y yo me voy a casa. Tu padre me ha prometido llevarme a cenar esta noche. Llámame si necesitas algo.

Se marchó y Tony se dirigió al dormitorio, esperando que la visita de su madre no hubiera sido demasiado traumática para Lucy.

****

Normalmente Lucy no se avergonzaba de su cuerpo, y Tony la había visto desnuda en más ocasiones de las que podía recordar, pero cuando se giró y lo vio en la puerta de la habitación su primera reacción fue cubrirse con las manos. Salvo el médico, nadie la había visto desnuda en los últimos cuatro meses.

¿Y si su físico actual desagradaba a Tony?

Aunque, dadas las circunstancias, quizá fuera mejor así.

–Lo siento, tendría que haber llamado. No pensé que... –dejó la frase incompleta y le miró la barriga con los ojos muy abiertos–. Sí que has engordado –tal vez fue la mirada que Lucy le echó, o quizá había hablado sin pensar, porque rápidamente añadió–: Me refiero a tu barriga, no al resto de tu cuerpo. De hecho, tiene razón mi madre; estás muy delgada –dudó un momento–. Aunque no es una delgadez fea...

–Déjalo ya, –le advirtió ella. Lucy veía su torpeza como uno de sus rasgos más encantadores.

Él le dedicó una sonrisa arrebatadoramente seductora.

–Creo que sabes a lo que me refiero.

–Sí, lo sé –qué fácil y espontáneo sería rodearle el cuello con los brazos y tumbarlo en la cama, como tantas y tantas veces había hecho antes de...

No, no podía hacerlo.

–¿Se ha movido? –le preguntó él con la mirada fija en su barriga.

–Lleva haciendo gimnasia todo el día. Creo que le ha gustado el desayuno de tu madre.

–¿Te hace daño?

–Normalmente no, pero a veces me patea con fuerza las costillas. Y le gusta posarse en mi vejiga.

–¿Puedo probar a ver si lo siento?

A Lucy no le parecía una buena idea, pero ¿cómo iba a negarse? Tony ya se había perdido gran parte de su embarazo. Desde ese momento en adelante, quería que se implicara por entero.

–Pues claro.

Tony se sentó en la cama y ella se tocó el estómago en busca de alguna parte distinguible.

–Aquí –le agarró la mano a Tony y se la presionó contra la barriga–. Aprieta.

Él ejerció una ligerísima presión, como si temiera hacerle daño.

–Así no sentirás nada. Tienes que apretar más –él la miró como si se hubiera vuelto loca–. Lo digo en serio –le puso la mano sobre la suya y presionó con fuerza hasta toparse con algo sólido–. ¿Lo sientes?

Él la miró a los ojos.

–¿Eso es el bebé?

–Una pierna, creo –dijo ella con una sonrisa–. A veces es difícil saberlo.

–Increíble… –extendió las palmas sobre la barriga, deslizando los pulgares.

Era obvio que no lo hacía para excitarla, pero el cuerpo y las hormonas de Lucy no entendían la diferencia. Si por lo menos pudiera ponerse algo de ropa.

Tony se inclinó hacia delante y pegó la mejilla a la barriga. Lucy ahogó un gemido. La había tocado miles de veces, pero en aquel momento, con su barba incipiente haciéndole cosquillas en la piel, sintió una descarga eléctrica que le prendió la libido.

Él volvió a mirarla, con una expresión tan adorable que Lucy se derritió.

–¿Es demasiado?

–La barba –fue todo lo que dijo.

–Lo siento. No me he afeitado –se disculpó, pero sin apartar la mejilla. El picor de su barba y el calor de su aliento estaban provocándole estragos a Lucy–. Espero que mi madre no te lo haya hecho pasar muy mal.

–Ha sido muy amable conmigo. Más de lo que merezco, dadas las circunstancias.

–Hiciste lo que creías oportuno hacer. Nadie puede culparte por ello.

No, pensó ella. Había hecho lo más fácil que podía hacer. Huir. Quedarse significaba enfrentarse a sus errores y vivir con las consecuencias. Eso era lo difícil.

–He hablado hoy con mi hermana Chris –dijo él–, y me ha dado los nombres y los números de su ginecólogo y su pediatra. Me he tomado la libertad de pedir cita con el primero para mañana a las nueve. Después iremos de compras, a por todo lo que necesites. Y no te molestes en decir que me devolverás el dinero. Corre de mi cuenta.

Normalmente, Lucy habría protestado, pero por una vez en la vida le gustaba que alguien se ocupara de ella. Tal vez fuera ir en contra de sus principios, pero estaba dispuesta a probarlo.

–Hoy también he tenido una interesante conversación con mi abuelo –continuó Tony–. Me llamó para pedirme que fuera a verlo.

Según le había contado Tony, cuando su abuelo pedía ver a alguien no se le podía decir que no.

–¿Está enfadado contigo?

–Quiere conocerte. Tranquila, le he hecho prometer que será amable.

El hecho de que Tony hubiera creído necesario arrancarle una promesa semejante a su abuelo no pintaba nada bien. Además, había grados y grados de amabilidad.

–Siento haberme marchado esta mañana. Debería haberme quedado en casa hasta que despertaras y haberte preparado el desayuno. No sé en qué estaba pensando.

–Estabas pensando en lo siempre piensas cuando me quedo a pasar la noche aquí. Que por la mañana tienes que irte a trabajar y yo tengo que irme a casa. Como ha sido siempre, así que no te preocupes por ello, ¿de acuerdo?

–Las cosas han cambiado.

–No tienen por qué. Podemos retomarlo donde lo dejamos. La única diferencia, además de mi embarazo, es que no me iré a casa por la mañana.

–Como compañeros de piso.

–Exacto.

Era triste que después de un año y de un embarazo solo pudieran ser compañeros de piso. Un paso atrás en la relación.

Por desgracia, por el bien de todos, incluido el bebé, era la única dirección que podían tomar.

Capítulo Cinco

Lucy se sentó en la camilla a esperar que la examinase el doctor Hannan. Tony ocupó una de las dos sillas y estiró sus largas piernas mientras consultaba su correo en el móvil. A diferencia de los dispensarios y ambulatorios públicos a los que acudía en Florida, aquella clínica era una de las mejores de Chicago.

Tony no dejaba de prodigarle atenciones. Le había llevado el desayuno a la cama y le había preparado la ropa mientras ella se duchaba. Al llegar a la clínica la había dejado en la puerta para que lo esperase mientras él buscaba aparcamiento. A Lucy todo le parecía demasiado bueno para ser verdad. No estaba acostumbrada a recibir tantos cuidados, y una parte de ella temía que todo fuera a acabarse en cualquier momento.

−¿La echas de menos? −le preguntó a Tony.

−¿A quién?

−A tu novia.

−Ah, ella −murmuró, como si la hubiera olvidado por completo.

−Sí, hace dos días que rompisteis y no la has mencionado ni una sola vez.

−No hay mucho que decir.

–¿Es cierto que no te gustaba mucho?

–¿Eso te ha dicho mi madre?

–A ella tampoco parecía gustarle mucho. No entiendo por qué ibas a casarte con alguien a quien no amabas. En nuestro caso es distinto, ya que hay un bebé por medio.

–Es una larga historia –repuso él con la mirada fija en el móvil. Obviamente no quería hablar de ello, pero por suerte el médico llegó en aquel momento y evitó una situación incómoda.

El doctor Hannan era extremadamente minucioso. La examinó a fondo y le hizo muchas de las mismas preguntas que ya le había hecho la enfermera. Al acabar, le pidió que se vistiera y que fuera a verlo a su consulta.

Lucy pensó que iba a darle el informe habitual, que ella estaba bien, que el bebé estaba bien, etc. Pero la expresión del doctor la inquietó.

–No me gusta lo que veo.

Lucy ahogó un gemido y Tony se puso rígido.

–El bebé no está creciendo como debería.

–Pero… pero todo estaba bien en la última revisión –dijo Lucy–. Me dijeron que el bebé era muy pequeño, pero que seguramente se debía a que yo también lo soy.

–No es solo pequeño. Está subdesarrollado para su edad gestacional. Creo que ambos sufrís de malnutrición, lo que podría dar lugar a complicaciones graves.

–¿Malnutrición? –preguntó Tony, como si fuera lo más ridículo que hubiera oído–. ¿Cómo es posible?

Lucy sacudió la cabeza, deseando que se la tragara la tierra o que Tony no estuviera allí. Había cosas que el médico debía saber. Las mismas cosas que no quería que Tony supiera. Para que aquello funcionara tendría que ser honesta con él, pero había cosas que no podía decirle. Jamás. Por el bien de todos, de ella, de Tony y del bebé.

–Podríamos estar ante un trastorno metabólico.

–¿Qué clase de trastorno? –preguntó Tony.

–Cada cosa a su tiempo –lo tranquilizó el médico, antes de dirigirse otra vez a Lucy–. ¿Cómo ha sido tu dieta?

–Pues... hasta hace poco no muy buena –confesó ella, encogiéndose de vergüenza.

–Seguro que tu médico des Florida te habló de la importancia de una dieta equilibrada. No es momento para reducir las calorías.

–Es más bien una cuestión de recursos –el médico la miró extrañado–. Intento llevar una dieta sana, pero en los últimos meses he estado un poco justa de dinero.

Se preparó para la reacción de Tony, pero él no dijo nada ni emitió el menor sonido. Lo cual fue peor, porque Lucy no sabía en qué estaba pensando.

–Dame un ejemplo de tu alimentación diaria ¿Con qué frecuencia has estado comiendo?

–Bueno, he intentado comer al menos una vez al día. A veces no era posible, porque siempre compraba cosas sanas y eso me obligaba a anteponer la calidad a la cantidad. Pero a partir de ahora no será un problema.

–No, no lo será –corroboró Tony con dureza. Su enfado era evidente, y no le faltaban motivos. Lucy había puesto la vida del bebé en peligro.

–Me gustaría que volvieras mañana para hacerte una ecografía –dijo el doctor–. Si el bebé está bien no tendré que volver a verte hasta dentro de un mes, pero te aconsejo que consultes a un nutricionista.

Una cosa más que Tony tendría que pagar por ella. Ni trabajando toda su vida podría devolverle lo que estaba haciendo.

Le dieron las gracias al doctor y concertaron la cita para la ecografía, pero Tony no dijo nada mientras abandonaban la clínica. Esperaría a llegar al coche para explotar.

–Vaya, qué sorpresa –dijo una voz familiar tras ellos.

Se volvieron y se encontraron Nick y con una mujer que debía de ser su esposa. A Lucy le pareció oír que Tony maldecía en voz baja.

–Hola otra vez, Lucy –la saludó Nick–. Esta es mi mujer, Terri.

Terri sonrió y le estrechó la mano a Lucy. Era alta y delgada, con unas larguísimas piernas y un rostro amable y atractivo.

–Me alegro de conocerte, Lucy. El domingo llegaste en el momento oportuno, aunque estoy segura de que si no hubieras intervenido lo habría hecho cualquier otro.

¿Intervenido? Lo decía como si la intención de Lucy hubiera sido frustrar la boda. ¿Acaso toda la familia pensaba lo mismo de ella?

–No fue así. Ni siquiera sabía que era una boda. Fue todo una casualidad.

Tony se removió a su lado, visiblemente irritado.

–¿Has venido para un chequeo? –le preguntó a Terri.

–Para una ecografía.

–Yo tengo una mañana –dijo Lucy.

–¿Quieres saber el sexo del bebé?

–No, prefiero que sea una sorpresa.

–Yo sí quiero saberlo, para estar preparada cuando nazca.

–¿Lo sabrás hoy?

–Es un poco pronto, pero a lo mejor pueden decírnoslo.

–Terri cree que es niña –dijo Nick–. Pero yo sé que es niño.

–Buena suerte –les deseó Tony. Entrelazó el brazo con el de Lucy y la arrastró hacia el coche.

–Encantada de haberte conocido, Lucy –les gritó Terri, y Lucy solo pudo despedirse con la mano. Tony caminaba tan rápido que apenas podía seguirle el paso.

Por suerte el coche no estaba muy lejos. Él le abrió la puerta y rodeó el vehículo para subirse, pero no arrancó el motor. Permaneció sentado, agarrando el volante con las dos manos y el cuerpo tenso.

Lucy tenía un mal presentimiento.

–Así que tu madre no solo te hacía dormir en el sofá –empezó él– sino que tampoco te daba de comer.

¿Su madre? ¿Qué tenía que ver ella con eso?

—Mi madre come fuera casi siempre —le explicó. Si por comer fuera se entendía una dieta a base de cacahuetes, cervezas, tabaco y alguna que otra hamburguesa—. No tiene mucha comida en casa. Y yo apenas tenía dinero, así que…

—Tendrías que haberme llamado —la interrumpió él. Parecía estar conteniendo su rabia a duras penas—. Yo me habría ocupado de ti.

—Lo sé. Me equivoqué al no hacerlo. Lo siento, y comprendo que estés furioso conmigo.

Él se giró hacia ella.

—¿Crees que estoy furioso contigo?

—¿Cómo no vas a estarlo? Lo he fastidiado todo.

—Lucy… la única persona con la que estoy furioso es conmigo.

Tony sentía náuseas hasta en lo más profundo de su alma. Mientras él se dedicaba a tontear y cenar en restaurantes caros con Alice, una mujer que ni siquiera le gustaba, Lucy se moría de hambre en el otro extremo del país, sin recursos para permitirse una alimentación básica.

¿Por qué no había ido a buscarla? Siempre había tenido el presentimiento de que algo no iba bien, de que Lucy no se iría sin más. Por culpa de su estúpido orgullo masculino su hijo podía estar en peligro.

Si algo le ocurriera al bebé, Tony jamás podría perdonarse.

—¿Por qué estas furioso? —le preguntó Lucy—. No has hecho nada malo.

Tony agarró con más fuerza el volante.

–Debería haberme ocupado de ti.

–Pero ¿cómo ibas a hacerlo? Yo me fui. No podías saber cuál era mi situación.

Sí, lo sabía. Tal vez no hubiera querido admitirlo, pero había sabido que algo no iba bien.

–Tendría que haber estado a tu lado.

Lucy guardó unos segundo de silencio.

–Creo que no lo estamos haciendo bien.

–¿El qué?

–Esto. ¿No deberíamos estar echándonos la culpa el uno al otro en vez de intentar asumirla? Me parece muy extraño.

Tenía razón. El intercambio de reproches y acusaciones había sido responsable del fracaso de sus relaciones. Pero su relación con Lucy no podía compararse a nada de lo que hubiera tenido.

Pensara ella lo que pensara, él le había fallado. La había defraudado. Pero no volvería a pasar. Lucy nunca volvería a necesitar nada. Aunque no quisiera casarse, él se ocuparía de ella como la madre de su hijo.

–¿Tienes alguna preferencia para ir a comprar ropa?

–Normalmente voy a la tienda de segunda mano de Montrose. Se encuentran cosas interesantes a buen precio.

Por encima de su cadáver.

La llevó al centro comercial donde solían comprar su madre y su hermana. Y allí comprobó lo austera y disciplinada que Lucy podía llegar a ser.

Fue directamente a la sección de saldos y liquidaciones, y cuando encontraba algo de su agrado se inventaba algún motivo por el que Tony no debiera comprárselo. Todo lo contrario de Alice, una derrochadora compulsiva. Lucy tenía clase, dignidad y demasiado orgullo.

–Está bien tener cosas buenas –le dijo él cuando ella rechazó que le comprase unas gafas de sol de cincuenta dólares.

–Lo sé, pero no las necesito.

–¿Por qué tiene que ser todo una discusión? Si te gustan, te las quedas.

–Yo no funciono así. Cuando veo algo que me gusta, me convenzo automáticamente de que no lo necesito y casi nunca lo compro.

–Estas gafas las compro yo. Te las pongas o no es cosa tuya.

Antes de que ella pudiera impedirlo, las gafas estaban pagadas.

–¿Lo ves? No ha sido tan horrible –le dijo él, tendiéndole la bolsa.

Lucy esbozó una media sonrisa.

–No estoy acostumbrada a que alguien tenga detalles conmigo.

–Pues tendrás que acostumbrarte. Y será mejor que elijas algo de ropa si no quieres que lo haga yo por ti. ¿Hace falta que te recuerde lo poco que entiendo de moda?

–La verdad es que esta ropa no es exactamente mi estilo –admitió ella.

Tenía razón. Era ropa elegante, pero enfocada más a la mujer trabajadora. Por apropiada que pudiera ser, Tony quería que Lucy se sintiera cómoda y contenta.

–Vamos a buscar algo más apropiado para ti.

Encontraron el lugar adecuado en una exclusiva tienda de moda. Los conjuntos que se mostraban en el escaparate eran alegres e informales, pero de una calidad exquisita. Nada más entrar, Lucy ahogó una exclamación de asombro.

–Nunca había visto ropa tan bonita –acarició la manga de una blusa campesina y buscó automáticamente el precio.

–Ni se te ocurra –le advirtió Tony, agarrándole la mano–. Está prohibido mirar el precio.

Una vendedora los saludó amablemente, y sus ojos se iluminaron cuando Tony le dijo que querían adquirir un guardarropa completo. Tony no solía ir de compras, sino que llamaba a su sastre para decirle lo que quería y recibía el pedido al cabo de una semana o dos. Pero descubrió que era mucho más divertido comprarle ropa a Lucy, viéndola girar en círculos delante del espejo. La dejó en las expertas manos de la vendedora y salió a buscar una joyería. Al regresar, Lucy seguía probándose un vestido tras otro.

Una hora después abandonaron la tienda con media docena de inmensas bolsas que contenían todo lo necesario para pasar el resto del embarazo. Tony tenía intención de volver a hacerlo cuando naciera el bebé, y confiaba en que la próxima vez Lucy no pusiera tantas trabas.

–Es lo más bonito que alguien ha hecho por mí –dijo ella con el rostro radiante, como una niña con un juguete nuevo. Se detuvo junto a un banco y dejó las bolsas, indicándole a Tony que hiciera lo mismo. Él obedeció y ella le echó los brazos al cuello–. Muchas gracias.

–Ha sido un placer –murmuró él, apretándola contra su cuerpo.

El olor de sus cabellos y de su piel, su aliento acariciándole el cuello, su cálido cuerpo presionado contra el suyo…

–Lucy –tenía que apartarse, pero entonces ella lo miró con sus brillantes ojos negros y le hizo olvidarse de todo.

Lucy emitió un débil gemido cuando él le entrelazó los dedos en los pelos de la nuca y la besó en los labios, tan suaves y deliciosos como recordaba.

Durante unos segundos se abandonó al placer de estar pegados, sin que ella hiciera nada por detenerlo. Al contrario, Lucy respondió al beso con una intensidad aún mayor. Tanto, que si hubieran estado en casa ya estarían camino de la cama. Pero por desgracia se encontraban en un lugar público, y para cuando pudieran disponer de más intimidad ella ya habría cambiado de idea.

Para separarse tuvo que emplear toda su fuerza de voluntad.

–Vaya –murmuró ella con voz jadeante, aturdida e incluso un poco escandalizada–. No deberías volver a hacerlo.

Tony estaba seguro de que volvería a hacerlo, en cuanto fuera posible.

–¿Qué tal si comemos algo? –sugirió.

–Buena idea.

Se quedaron en la zona de restaurantes y Lucy se tomó una gran ensalada César con doble ración de pollo y patatas.

–¿Te apetece ir esta noche a un restaurante italiano y después al cine? –le propuso Tony al acabarse su hamburguesa.

–La verdad es que las compras me han agotado. ¿Por qué no pedimos comida china y vemos una película en casa? Aunque creo que caeré rendida antes de las ocho.

–Tienes tiempo para ir a casa y echarte una siesta antes de que te lleve a ver al abuelo.

–Uf, me había olvidado… No, no creo que pueda dormir.

–Yo tengo que ir a ver a mi abogado para ocuparme de unos asuntos. Cuando hayas hablado con mi abuelo, avísame para que vaya a recogerte.

Ella lo miró extrañada.

–¿Cómo? ¿No vas a quedarte conmigo?

–Mi abuelo me ha prohibido estar presente.

–¿Y vas a dejarme sola con él?

–No te pasará nada, tranquila –le aseguró él.

–¿Qué es eso tan importante de lo que tienes que ocuparte?

–Tenemos una conferencia con un agente inmobiliario de Boca Ratón.

–¿Vas a comprar otra propiedad?

–Lo estoy pensando. Sería la sexta.

–Impresionante… Deberías hacerlo.

–No sé. Lo que empezó como una afición me quita cada vez más tiempo.

–Pero es lo que te gusta hacer.

En efecto. Por culpa de un mal asesoramiento había perdido más de la mitad de su patrimonio cuando la economía se derrumbó, y desde entonces había buscado inversiones a largo plazo y de bajo riesgo. Su abogado le había aconsejado que invirtiera en propiedades, como una residencia de verano.

Siendo director de ventas y producción en el extranjero tenía que viajar por todo el mundo. Hablaba cuatro lenguas con fluidez y podía entenderse en otra media docena. Decidió que estaría bien tener una casa en algún lugar bonito y cálido y eligió Cabo. El problema era que nunca tenía tiempo de ir allí y los costes de mantenimiento eran muy altos. Empezó a pensar que de nuevo le habían aconsejado mal, hasta que un amigo le sugirió que alquilase la casa en las largas temporadas que no la usaba. Le pareció la solución perfecta. De esa manera los gastos se pagaban solos y hasta conseguía beneficios. Poco después se encontró con una ganga y la compró sin dudarlo. Y luego otra, y otra, y hasta una quinta.

Pagaba a un administrador para que se encargara del mantenimiento y buscara inquilinos, pero quería hacerlo por sí mismo. Para ello, no obstante, tendría que dejar su trabajo en Chocolate Caroselli y necesitaría una gran cantidad de dinero. Ahí entraban en juego los treinta millones del abuelo. Estaba tan cerca de conseguirlos que casi podía sentir los billetes entre los dedos. Pero si Lucy se equivocaba y tenían una niña…

Su familia sabía que tenía varias propiedades, pero Lucy era la única que conocía sus aspiraciones inmobiliarias.

Finalmente iba a dedicarse a ello en serio, aunque se imaginaba la reacción de su familia cuando presentara su dimisión. Tal y como él lo veía, había dedicado veinte años a una empresa para la que nunca había querido trabajar. Se merecía la oportunidad de perseguir sus propios sueños. Mejor tarde que nunca.

Si no hubiera empezado a trabajar en Caroselli, no estaba seguro de lo que habría hecho después de la universidad. Si hubiese dependido de él, se habría pasado uno o dos años viajando por Europa con un grupo de amigos, pero su padre se había opuesto rotundamente, y Tony, obediente como siempre, había acatado sus órdenes. A veces se preguntaba lo distinta que habría sido su vida si se hubiera parecido más a su tío Demitrio, la oveja negra de la familia.

Según contaba su padre, Demitrio había sido un joven rebelde y conflictivo, dotado de una gran inteligencia y un carácter chulesco y temerario. Tras haber sido detenido en numerosas ocasiones, el abuelo intervino y le dio a elegir: o se alistaba en el ejército o iba a la cárcel y perdía su herencia. El abuelo siempre había creído en la mano dura, y resultó ser lo mejor para Demitrio. Tras servir una temporada en el ejército, se fue a estudiar a Francia y acabó siendo el primero de su graduación. En la universidad conoció además a su novia, Madeleine, con quien se casó antes de volver a Estados Unidos y ocupar el lugar que le correspondía en Chocolate Caroselli. En la empresa inició una meteórica carrera, y cuando el abuelo se jubiló eligió a Demitrio como presidente, para disgusto de sus otros dos hijos.

Tony le preguntó en una ocasión por qué había vuelto a la empresa familiar cuando podría haber hecho cualquier otra cosa. Al igual que Tony, dominaba varias lenguas y contaba con recursos de sobra para vivir donde quisiera. ¿Por qué quedarse allí?

—Llevo el chocolate en las venas —había sido la respuesta de Demitrio.

Lo único que corría por las venas de Tony era sangre. Ni siquiera le gustaba el chocolate.

Lucy nunca hubiera imaginado que volvería a encontrarse allí, llamando a la puerta de la mansión Caroselli. Solo habían pasado dos días, pero le parecía una eternidad. Muchas cosas habían sucedido desde entonces, y ninguna del modo que había esperado.

Al acercarse a la casa le invadió la sensación de que Tony la estaba sirviendo en bandeja a su abuelo como un sacrificio para apaciguar su ira. El abuelo le había prometido que sería amable, pero eso no significaba que fuera a serlo. La gente tan poderosa como Giuseppe Caroselli no seguía las mismas reglas que el resto. Quizá estuviera pensando en sobornar a Lucy para que desapareciera de una vez para siempre.

Al menos aquella vez iba vestida y maquillada para la ocasión. Y a diferencia de su visita anterior, le abrió la puerta el mayordomo.

–Soy Lucy. He venido a ver al señor Caroselli.

El viejo mayordomo asintió rígidamente y la hizo pasar.

–El señor Caroselli la está esperando. Sígame, por favor.

Lucy lo siguió muy despacio por las escaleras, sintiéndose como una marioneta cuyos hilos estuvieran enredados, debatiéndose entre la irritación, los nervios y el orgullo herido. ¿De verdad iba a dejarse intimidar?

El mayordomo abrió una puerta al final del pasillo.

–La señorita Lucy está aquí, señor.

La hizo pasar y Lucy entró en el estudio del abuelo. Tony le había dicho que era allí donde el anciano dirigía sus asuntos actualmente. Sentado en un sillón orejero con un libro sobre sus delgadas piernas, parecía diminuto, frágil e inofensivo. Pero Tony le había contado lo implacable que podía ser y cómo gobernaba a la familia con puño de hierro.

–Gracias, William –despidió al mayordomo y le hizo un gesto a Lucy para que se acercara, mirándola por encima de sus gafas de lectura. La examinó de arriba abajo con el ceño fruncido, como si no supiera si le gustaba lo que veía–. Así que esta es la mujer de la que tanto he oído hablar –hablaba con un marcado acento italiano, a pesar de llevar tantos años en el país.

–Es un placer conocerlo –dijo ella, cuando lo que realmente sentía eran ganas de vomitar.

–Acércate. Déjame que te vea.

Lucy intentó no encogerse cuando le agarró la mano derecha. Su piel era fría y seca, y podían verse las venas azuladas en el dorso de sus manos artríticas. Le dio la vuelta a la mano, examinándola atentamente, y al menos no hizo ningún comentario sobre las uñas mordidas. ¿Qué sería lo siguiente? ¿Los dientes? ¿Las orejas?

–Bonito anillo –observó, acariciando con el pulgar la piedra azul verdosa engarzada en plata trenzada.

–Es una turquesa Ajax. Perteneció a mi abuela. Era medio navaja.

–Sí… –asintió distraídamente, como si ya lo supiera. Acabó la inspección y le señaló el sofá–. Siéntate, Lucy. Vamos a hablar un poco.

Se sentó, con la espalda muy recta y las manos en el regazo, preparada para lo peor.

–Mi nieto me ha dicho que no quieres casarte con él.

Directo al grano. Lucy se puso a la defensiva, aunque no podía negar que era un alivio saltarse la cháchara inútil e ir directamente al meollo.

–Así es. No tenemos esa clase de relación.

–Amigos con derecho a roce, la definió Tony.

¿De verdad le había dicho eso Tony a su abuelo? Las mejillas le ardieron de vergüenza.

–Señor Caroselli…

–Es mi bisnieto el que llevas dentro. Llámame abuelo.

¿Primero la hacía sentirse como una zorra y después quería que lo llamara abuelito? ¿A qué clase de juego estaba jugando?

—Si me has hecho venir para convencerme de que no soy lo bastante buena para tu nieto, nos ahorraré una conversación incómoda. Sé muy bien que Tony es demasiado bueno para mí. Y a pesar de lo que pueda pensar la gente, no me quedé embarazada a propósito ni vine aquí con la intención de frustrar su boda.

—¿Eso es lo que piensan todos?

—No me hago ilusiones sobre lo que soy...

—¿Y por eso huiste?

Maldición.

—No hui. Me marché. Hay una diferencia. Hice lo que creí que era mejor para Tony. Sabía que él no quería nada serio, y menos conmigo.

—¿No será que te fuiste porque lo amabas y tenías la esperanza de que te siguiera?

Lucy intentó ocultar su asombro sin éxito. ¿Cómo podía saberlo?

—Para saber algo del amor hay que preguntarle a los viejos —dijo él—. Lo saben todo.

—El amor no tiene nada que ver.

—Jóvenes... —sacudió la cabeza y masculló algo en italiano.

—Si quieres culpar a alguien por esta situación, cúlpame a mí. No es culpa de Tony.

—Tony es un buen hombre. Nunca encontrarás a nadie más fiel ni más comprometido.

Lucy esperó la inevitable advertencia: «Si te ocurre hacerle daño...».

Pero no llegó, y durante unos largos segundos él se limitó a observarla.

–¿Sabes cocinar, Lucy?

El cambio de tema la sorprendió aún más. ¿Sería una pregunta trampa? ¿No era lo bastante buena para su nieto si no sabía preparar una comida decente?

–Un poco. ¿Las tostadas cuentan?

–A Tony le encanta la salsa de su abuela. Ven el viernes y te enseñaré a hacerla.

¿Cómo? ¿Quería enseñarle a preparar la comida favorita de Tony? No era lo que se esperaba de un hombre que intentara librarse de ella. ¿Sería parte de la promesa que le había hecho a Tony? Tal vez se sentía obligado a tratarla con amabilidad.

–Claro… si no es mucha molestia.

–Ven a la una en punto –se giró hacia la ventana, suspiró profundamente y cerró los ojos, dando a entender que la conversación había terminado. Un hombre parco en palabras. Decía lo que quería decir y bastaba.

Salió en silencio del estudio, pensando que no había sido tan horrible como se había esperado. Ni mucho menos. Casi le hacía ilusión volver el viernes y aprender a cocinar.

Quizá estuviera siendo más optimista de la cuenta o engañándose a sí misma, algo que se le daba muy bien, pero tenía el presentimiento de que tal vez, solo tal vez, el abuelo de Tony no pensara tan mal de ella.

Capítulo Seis

Tony contemplaba fascinado el monitor mientras el enfermero pasaba el transductor por el vientre de Lucy. Sabía que una ecografía mostraba muchos detalles, pero no se esperaba ver al bebé en tiempo real, pateando, chupándose el pulgar e incluso bostezando.

Tenía la nariz de los Caroselli y las orejas de Lucy, y no parecía tan pequeño.

–¿Le gustaría saber el sexo del bebé? –les preguntó el enfermero.

–Sí –respondió Tony.

–No –lo contradijo rápidamente Lucy.

Lo habían discutido la noche anterior y aquella mañana. ¿Querían o no querían saberlo? Tony tenía buenos motivos para saberlo cuanto antes.

–Quiero que sea una sorpresa –le dijo Lucy al médico, antes de volverse hacia Tony–. Y si tú lo sabes me lo dirás.

–No, no lo haré.

–Sí que lo harás.

Por supuesto que no lo haría.

–El sexo del bebé será evidente enseguida –les advirtió el enfermero–. Si no quieren saberlo, no miren a la pantalla –parecía un poco harto de la

74

discusión, aunque no debía de ser la primera discusión que presenciaba entre padres–. Les avisaré cuando puedan mirar.

–No mires –le ordenó Lucy a Tony, y se giró hacia la pared con los ojos cerrados.

Él obedeció, pero no pudo resistirse y miró por encima del hombro. Lo primero que llamó su atención, no obstante, fue el ceño fruncido del enfermero. ¿Estaba concentrado o había visto algo malo? Entonces miró a la pantalla y... El enfermero no había exagerado al decir que el sexo sería evidente. Apartó la mirada con una sonrisa en los labios. El misterio estaba resuelto.

Iba a ser padre. Iba a ser responsable de aquella personita diminuta e indefensa. Y en vez de sentir pavor experimentó una paz y una satisfacción sin precedentes. Siempre había dicho que algún día quería tener hijos, pero nunca había sabido hasta qué punto. Ni lo que significaba de veras.

Estaba preparado. Y los tres meses que aún quedaban por delante le parecerían una eternidad.

–Listo –dijo el enfermero. Le tendió a Lucy una caja de pañuelos para que se limpiara el gel y sacó un disco del aparato–. Vuelvo enseguida.

Tony ayudó a Lucy a incorporarse.

–Creo que tiene mi nariz.

–Y mis orejas de elefante.

Él sonrió y le acarició el lóbulo de la oreja.

–Me gustan tus orejas de elefante.

Los dos intercambiaron una mirada que hablaba por sí sola... y que decía que lo más conveniente sería dejar de mirarse.

–Tengo algo para ti –dijo él, sacando un pequeño estuche aterciopelado del bolsillo de la chaqueta–. Pensaba dártelo más tarde, pero creo que es mejor ahora.

Los ojos de Lucy se abrieron como platos al ver el estuche.

–¿Qué has hecho?

–Bueno, estaba pensando en diamantes –repuso él, pasándose el estuche de una mano a otra–. Pero luego pensé, no, Lucy es demasiado única para un simple diamante. En cuanto los vi supe que eran para ti.

Ella abrió el estuche muy despacio, como si esperase que algo saltara de repente. Al ver los pendientes sobre blanco satén ahogó un gemido.

–Turquesa Ajax, igual que mi anillo… ¡Me encantan!

Realmente debían de gustarle, porque se los puso de inmediato. Las piedras azules combinaban a la perfección con sus oscuros cabellos, sus ojos negros y su piel aceituna.

–Preciosa –la alabó él con una sonrisa. Volvieron a mirarse fijamente y Tony sintió que el suelo se movía bajo sus pies, hasta que se dio cuenta de que era él quien se estaba moviendo, inclinándose hacia delante. Ella se lamió los labios, como si estuviera anticipándose al beso. Pero en ese momento volvió el técnico y el momento se esfumó.

–¿Pueden esperar en la sala? –les preguntó.

A Tony le dio un vuelco el corazón y Lucy se puso pálida.

–¿Hay algún problema?

–El doctor Hannan tiene que examinar la ecografía. Los avisarán si tiene que hablar con ustedes.

Los llevó a la sala de espera, que afortunadamente estaba vacía, y ocuparon dos asientos en el rincón. Lucy estaba muy nerviosa, lo que también lo ponía nervioso a él.

–¿Crees que algo va mal? –le preguntó ella.

–Seguro que solo están teniendo un cuidado especial, siendo el bebé tan pequeño –no era cierto. Había visto la expresión del enfermero y sabía que había visto algo que no le gustaba.

–A mí no me parecía tan pequeño.

–A mí tampoco.

–¿Te arrepientes de no saber el sexo del bebé?

Él se encogió de hombros y respondió con un murmullo ininteligible.

–¿Qué significa eso?

–Nada.

–Has mirado la pantalla, ¿verdad?

–¿Por qué iba a hacerlo?

–No me mientas. Has mirado. Confiésalo.

Él se limitó a sonreír.

–¡Lo habíamos acordado!

–No, yo no acordé nada.

–Ni se te ocurra decírmelo…

–¿Entonces no puedo anunciarlo en el *Tribune*?

La expresión de Lucy lo hizo sonreír.

–No quiero saberlo.

–No diré nada. Ni a ti ni a nadie.

–¿Lo prometes?

–Te prometo que no te diré nada aunque me lo supliques de rodillas.

Ella entornó amenazadoramente la mirada, pero bajo su severa expresión estaba sonriendo.

La puerta se abrió y una enfermera los hizo pasar a la consulta. Estuvieron esperando veinte minutos, inquietos y nerviosos. Cuando el médico abrió finalmente la puerta Lucy estaba tan tensa que casi saltó de la camilla.

—Siento haberlos hecho esperar —se disculpó el doctor Hannan, cerrando tras él.

—¿Hay algún problema? —preguntó Lucy mientras el médico le volvía a medir la tensión.

—¿Se pone nerviosa en la consulta del médico? Tiene la tensión un poco alta hoy.

—Odio ir al médico.

—Tendré que pedirle a la enfermera que vuelva a sacarle sangre, y me gustaría hacer algunas pruebas adicionales —le auscultó el corazón y los pulmones—. Hasta que tengamos los resultados, deberá descansar lo más posible.

—¿Tengo que guardar reposo absoluto?

—No, pero no quiero que esté mucho tiempo levantada. Si está haciendo algo que requiera estar en pie mucho tiempo, haga una pausa cada hora y ponga los pies en alto.

—Está bien —aceptó ella, y Tony supo lo que estaba pensando. Lucy no era una holgazana y no le sería nada fácil estar en reposo.

—¿Hay motivos para preocuparse? —quiso saber Tony.

—Seguramente no sea nada, pero es mejor estar seguros —respondió el doctor—. Los resultados deberían estar mañana, o el viernes como mucho.

¿Tendrían que esperar dos días? Estarían subiéndose por las paredes para entonces.

–¿Y la ecografía? –preguntó Lucy–. ¿Está todo bien?

–Voy a pedirle a un colega que la examine, pero a simple vista todo parece ir muy bien. El tamaño del bebé podría ser un problema, pero una alimentación adecuada debería bastar para alcanzar un peso saludable.

Después de que le sacaran sangre volvieron a casa. Lucy guardaba silencio, acariciándose distraídamente la barriga. Tony puso la radio para aliviar la tensión y sintonizó la emisora de música tecno que le gustaba escuchar a Lucy.

Lucy apagó la radio.

–¿Y si hay un problema grave?

–Ya lo ha dicho el médico, no tiene sentido preocuparse hasta que no haya un motivo.

–Para ti es muy fácil decirlo.

–Te equivocas. Yo también tengo miedo.

–Lo siento… No tendría que haber dicho eso.

–¿Sabes lo que facilitaría mucho las cosas?

–¿El qué?

–Que te casaras conmigo.

Ella le lanzó una mirada fulminante.

–Tranquila. Sea lo que sea lo afrontaremos juntos. Todo saldrá bien.

–Tienes razón. Tengo que ser optimista.

Tony se alegró de que lo creyera. Lo difícil era convencerse a sí mismo…

***

Cuando el abuelo le dijo que le enseñaría a hacer la salsa, Lucy había supuesto que él la prepararía y que ella se limitaría a observar. Estaba equivocada. El abuelo afirmó que para aprender tenía que hacerlo ella misma, aunque Lucy tuvo la sospecha de que el cocinero tenía el día libre y ella era una desafortunada sustituta.

Lo primero fue sacar los ingredientes de la despensa y de la nevera, junto a una gran cacerola bastante usada. El abuelo se sentó en un taburete y la guio siguiendo la receta, diciéndole cuándo añadir una pizca de esto y otra de aquello. En ningún momento le hizo usar una cuchara de medir.

—No es tan difícil —dijo ella, limpiándose las manos en el delantal antes de remover el contenido con una cuchada de madera—. Y huele muy bien.

—Creo que tienes un don para la cocina.

—Me gusta, pero no creo que me acuerde de todo.

—No te preocupes, te daré la receta por escrito.

—¿Con las medidas justas?

—Sí, sí, con todas las medidas.

—La pondré en mi diario para tenerla siempre.

—Mi Angelica también tenía un diario... Lo quemé al incinerarla, algo que no gustó nada a mis hijos.

—¿Querían leerlo?

—Sí, pero eran las confesiones íntimas de Angelica y nadie más debía conocerlas, ni siquiera yo.

–Mi diario está en Internet, así que nadie puede acceder al mismo sin una contraseña. Empezó siendo un proyecto para la escuela, pero me gustó tanto que seguí escribiendo.

El abuelo dio unos golpecitos en el taburete cercano al suyo.

–Ven, siéntate conmigo.

Lucy se preguntó si Tony le habría contado lo que le había dicho el médico sobre no estar mucho tiempo de pie. Tras pasarse dos días en casa sin hacer nada era estupendo salir y moverse un poco.

–Siéntate. Descansa –le ordenó el abuelo–. Enseguida empezamos con los fideos.

Se enjuagó las manos y se sentó junto a él.

–¿Cómo aprendiste a cocinar?

–Me enseñó mi madre –respondió él–. Trabajaba como cocinera para una familia muy rica de nuestro pueblo. También hacía golosinas y se las vendía a los comerciantes. Yo la ayudaba.

–¿Y tu padre qué hacía?

–Era comerciante. Pero murió cuando yo era muy pequeño.

–¿Solo estabais tú y tu madre?

–Sí, solo nosotros dos. Vivíamos con muy poco y muchas noches nos íbamos a la cama sin cenar. Igual que tú –dijo él.

–¿Tony te lo ha contado?

–Lo veo en tus ojos –le dio unas palmaditas en la mano, y Lucy sintió ganas de llorar por aquel gesto tan afectuoso. El abuelo empezaba a aceptarla.

–Mi madre y yo también vivíamos con muy poco –le confesó–. Y solo estábamos ella y yo. Yo ayudaba a mi madre tanto como podía. Salía a vender las golosinas por la calle, de puerta en puerta, día tras día, hasta vaciar el carrito. Así conocí a Angelica.

–¿Fue amor a primera vista?

–Para mí sí. Pero ella era de una familia rica y sus padres no querían tener como yerno a un vendedor ambulante.

–¿Os fugasteis?

–Queríamos hacerlo, pero sus padres lo descubrieron y se trasladaron a Estados Unidos.

Aquellos sí que eran unos padres implacables, que se llevaban a su hija al otro lado del mundo para alejarla de su novio.

–¿Y tú qué hiciste?

–La seguí.

–¿Aquí, a Chicago?

Él asintió con una sonrisa. El recuerdo le iluminó el rostro con un brillo juvenil.

–Era el amor de mi vida. Mi otra mitad. Habría movido cielo y tierra para estar con ella –y al parecer lo había hecho–. Empezamos a vernos en secreto, pero su padre no tardó en descubrirlo.

–¿Y qué hizo?

–Al ver que no me rendiría tan fácilmente, me propuso un trato. Me concedería la mano de su hija cuando yo pudiera mantenerla como él estimara oportuno. No era tarea fácil para un joven vendedor de chocolate, te lo aseguro. Cuando abrí la primera tienda de Chocolate Caroselli en el centro de Chicago volví a pedir su mano. En esa ocasión me dijo que era tonto, que nunca llegaría a nada y que nunca sería lo bastante bueno para su hija. Un año después era el dueño de tres tiendas y no daba abasto con la demanda, así que volví a pedírselo.

–¿Y?

El abuelo sonrió.

–Nos dio su bendición.

Lucy apoyó la barbilla en la palma de la mano y suspiró.

–Creo que es la historia más romántica que he oído –Tony le había contado que su abuelo había llegado al país con solo veinte dólares en el bolsillo, pero no sabía hasta qué punto había tenido que trabajar duro para hacer su fortuna.

Por alguna razón, al conocer su historia le pareció menos intimidante.

–Y ahora, vamos a hacer los fideos –dijo él, frotándose las manos–. Necesitamos huevos y harina.

Lucy descubrió que no era tan complicado. Disfrutó enormemente con la elaboración, y cuando acabó le rugieron las tripas al oler su delicioso aroma.

–Aprobada –la felicitó el abuelo.

–Me muero por probarla. Aunque creo que hemos hecho suficiente para un regimiento.

–Tendremos que alimentar a muchos esta noche.

Lucy se quedó paralizada mientras estaba removiendo la salsa. ¿Había dicho «esta noche»?

–¿A… quiénes?

–A la familia, naturalmente. Vienen a cenar el último viernes de cada mes –le explicó el abuelo.

A Lucy se le cayó el alma a los pies.

–Entonces… ¿estoy preparando la cena para toda tu familia?

El abuelo asintió.

De repente perdió todo el apetito. Peor aún, la comida que había ingerido empezó a querer salir.

–Necesito descansar –dijo el abuelo, levantándose con dificultad del taburete–. Dormiré un poco y luego prepararemos la ensalada.

Daba por hecho que ella iba a quedarse. ¿Y cómo no iba a hacerlo después de lo amable que había sido con ella? Sería muy grosero por su parte no quedarse a cenar, pero ¿conocer a toda la familia aquella misma noche?

Ya puestos, podría arrojarla a una jaula de lobos hambrientos o a un foso de arañas.

–Acompáñame –le dijo el abuelo, agarrándola del brazo para sostenerse. Mientras se dirigían lentamente hacia el ascensor, Lucy pensó en la emotiva historia que le había contado. Ojalá algún día alguien la quisiera tanto como para mover cielo y tierra para estar con ella.

–Tenías razón –las palabras salieron de su boca sin pensar–. Me marché con la esperanza de que Tony me siguiera, pero no lo hizo.

Por primera vez en su vida se había permitido desear algo. Algo grande y maravilloso. Un amor incondicional que pudiera con todo.

El abuelo le apretó el brazo mientras entraban en el ascensor.

–No sé cómo pude enamorarme de él –continuó, sintiendo la necesidad de explicarse para que el abuelo entendiera por qué alguien como ella albergaba esperanzas con un hombre como su nieto–. Nunca había sentido algo tan fuerte por nadie. Por desgracia, él no sentía lo mismo por mí.

–¿Le dijiste que lo amabas?

–Claro que no. Habría sido demasiado humillante.

–¿Humillante porque das por hecho que él no te ama?

–Parece lo más probable.

–¿Y cómo va a saber Tony lo que sientes si no se lo dices?

–¿No te ha dicho Tony que solo somos amigos con derecho a roce? Para él nunca hubo nada más. Fui yo quien rompió las reglas.

–Lo hiciste porque tus sentimientos cambiaron. ¿No podrían haber cambiado también los suyos?

–¿Tony te ha dicho algo?

El abuelo esbozó una vaga sonrisa.

–Tony me dice muchas cosas.

Lucy no supo cómo interpretarlo. Las puertas se abrieron y el abuelo la soltó para salir del ascensor. Ella esperaba que se volviera y dijera algo más, pero él entró en su habitación y cerró la puerta en silencio.

¿Qué demonios había intentado decirle?

Bajó por la escalera y llamó a Tony para ver si podía recogerla y llevarla a casa a cambiarse. Con sus mallas negras y su jersey holgado no estaba precisamente vestida para una cena. Él no respondió, de modo que le dejó un mensaje y confió en que fuese una cena informal.

Al entrar en la cocina se encontró con Tony, que estaba de espaldas e inclinado sobre la cacerola.

–Eh, acabo de llamarte.

Él se giró y se irguió en toda su estatura, y solo entonces Lucy advirtió sus canas.

–Lo siento –se disculpó, roja como un tomate–. Creía que eras Tony.

–Soy Demitrio, el tío de Tony.

El presidente de Chocolate Caroselli. Lucy se había esperado a alguien más amenazador. Vestido con vaqueros y un polo parecía un tipo normal y corriente.

–Tú debes de ser Lucy –le tendió una mano y ella la aceptó. Era increíble lo mucho que se parecía a Tony, no solo en el físico sino también en la voz.

–Te estarás preguntando qué hago aquí.

Él sonrió. La misma sonrisa torcida que le había visto a Tony millones de veces.

–El delantal manchado de tomate habla por sí solo.

–Ah, sí… –se había olvidado de que lo llevaba puesto– clase de cocina.

–Me lo imaginaba. ¿Está el abuelo?

–Acaba de retirarse a dormir la siesta.

–He traído esto para la cena –señaló una bolsa con barras de pan que había dejado en la mesa–.

Puede que me retrase un poco esta noche, así que he pensado traerlo ahora.

—Seguro que apreciará el detalle.

Demitrio volvió a sonreír, y una vez más ella se quedó anonada por el parecido.

—¿Va todo bien? —le preguntó él.

—Sí, lo siento… Es que tú y Tony sois casi idénticos. Incluso habláis igual.

—Por algo somos parientes —repuso él con la misma ironía que Tony. Tenían el mismo sentido del humor y ambos inspiraban la misma confianza.

Ya eran tres las personas de la familia que no parecían odiarla a muerte. Cuatro incluyendo a Tony. Solo quedaban un par de docenas.

—¡Hola! —exclamó alguien—. ¿Lucy?

Los dos se volvieron y vieron a la madre de Tony entrando en la cocina. Sonrió al ver a Lucy, pero se puso seria nada más ver a Demitrio.

—Oh… Hola, Demitrio.

—Sarah —él asintió cordialmente, muy serio—. Estaba a punto de marcharme.

Aquellos dos no se alegraban mucho de verse.

—Ha sido un placer conocerte, Lucy —le dijo Demitrio.

—Lo mismo digo. Nos vemos luego.

Se marchó y Sarah volvió a sonreírle a Lucy, pero era evidente que estaba muy alterada por el encuentro. ¿Por qué?

—Tony me ha dicho que el médico te ha ordenado guardar reposo.

—¿Eso te ha dicho? —¿no habían acordado que

no le dirían nada a la familia hasta que tuvieran los resultados de las pruebas?

—Ayer comí con Gina y me dijo que Nick y Terri os vieron en la consulta del doctor Hannan, así que obligué a Tony a contarme los detalles.

—¿Gina?

—Mi cuñada, la madre de Nick. En teoría, no es mi cuñada, ya que está divorciada de Leo, mi cuñado. Pero acaban de fijar la fecha.

—¿La fecha para qué?

—Para su boda.

—¿Van a volver a casarse?

Sarah se encogió de hombros, como si tampoco ella lo entendiera.

—Lo creeré cuando lo vea. A Gina la quiero como a una hermana, pero siempre ha sido un poco excéntrica. ¿Aunque quién soy yo para criticarla? ¡Pero ya basta de hablar de mis parientes raros! —exclamó, agitando la mano como si estuviera espantando un insecto—. ¿Cómo estás?

—Físicamente estoy bien, pero no estoy tranquila.

—¿No has recibido noticias del médico?

—Todavía no.

—Intenta no preocuparte. El instinto me dice que todo saldrá bien. Tengo un sexto sentido para estas cosas.

Confió en que Sarah tuviera razón. La experiencia le había enseñado a Lucy que si algo podía ir mal, iría mal. No podía librarse del mal presentimiento que la acosaba ni de la sensación de culpa.

—¿Has empezado a hacer la lista?

–¿Qué lista?

–Para el bebé. Puede que tres meses te parezcan mucho tiempo, pero te aseguro que pasarán volando. Es mejor estar preparada.

–Supongo que necesito de todo, pero quizá deberíamos esperar hasta recibir los resultados del médico. No me gustaría gastar un montón de dinero en cosas que no vayamos a necesitar nunca.

–Oh, Lucy… –murmuró Sarah, e hizo algo totalmente inesperado. Estrechó a Lucy entre sus brazos y la apretó con fuerza.

Lucy se quedó tan sorprendida que no supo cómo reaccionar. No recordaba que su madre la hubiese abrazado de aquella manera.

Una parte de ella la acuciaba a apartarse y mantener las distancias, pero estaba cansada de su eterno aislamiento y soledad. De modo que dio un salto de fe y le devolvió el abrazo a Sarah mientras soltaba las lágrimas contenidas.

–Tranquila, cariño –le susurró Sarah, acariciándole la espalda como una madre de verdad.

Lucy era incapaz de contenerse. Afortunadamente no había nadie más para ver su…

–¿Qué me he perdido? –preguntó una voz femenina y con acento francés.

Lucy se sorbió las lágrimas y abrió los ojos. De pie en la puerta de la cocina había una mujer alta y rubia, de la misma edad que Sarah, pero lucía un aspecto joven y elegante. Al ver las lágrimas que le caían por las mejillas a Lucy dejó de sonreír y soltó el bolso en la encimera.

–Dios mío… ¿Quién ha muerto?

Capítulo Siete

–¡Tony, despierta!

Tony dio un respingo en el sillón y tardó unos segundos en darse cuenta de que estaba en la oficina.

–¿Vas a ir a casa del abuelo?

Levantó la mirada y vio a su tío Demitrio en la puerta de su despacho. Fuera ya estaba oscureciendo. ¿Cuánto tiempo se había quedado dormido?

–Sí, claro. Allí estaré.

–¿Te importa llevar a este viejo? Tu tía Madeline tiene mi coche.

–Desde luego –respondió, frotándose los ojos–. ¿Qué hora es?

–Las seis y media.

–¿Las seis y media? –maldijo y se puso en pie. Su intención había sido echarse una pequeña siesta de veinte minutos, pero se había pasado dos horas y media durmiendo. Lucy iba a matarlo. Seguramente estaría sentada en un rincón en casa del abuelo, maquinando una muerte lenta y dolorosa.

–¿Sueño atrasado? –le preguntó Demitrio con expresión divertida.

–No duermo mucho desde que Lucy ha vuelto.

Su tío sonrió y Tony se dio cuenta de que lo había malinterpretado.

–Lo que quiero decir es que le he dejado mi cama a Lucy y yo duermo en el sofá cama del estudio. Es tan cómodo como un instrumento de tortura medieval.

–Entonces, ¿no estáis…?

–No sabría decirte ni lo que somos –agarró su chaqueta–. ¿Nos vamos?

–Vamos.

–Quería llegar temprano a casa del abuelo para estar con Lucy cuando empezaran las presentaciones. No tiene familia, y ya sabes lo que puede intimidar la nuestra al principio.

–Por decirlo de un modo suave –corroboró Demitrio, riendo.

–Se la comerán viva.

–No sé… La he conocido hoy, al pasarme por casa del abuelo. No me parece el tipo de chica que se deje amedrentar fácilmente.

–Sabe valerse por sí misma, en efecto, pero estaría bien que alguien la apoyara para variar.

Había mucho tráfico, y para cuando llegaron a casa del abuelo ya habían comenzado a cenar sin ellos. La cena empezaba a las siete en punto, y nunca se había retrasado por nada ni por nadie. O se estaba en la mesa a tiempo o se tomaba la comida fría, en caso de que quedara algo. Aquel era el único día del mes en el que todos se olvidaban de dietas y limitaciones.

Vio a Lucy sentada junto al abuelo, quien siempre ocupaba la cabecera de la mesa. A la izquierda estaba su madre, y junto a ella su padre. Entre los tres parecían mantener una conversación muy animada, a juzgar por la sonrisa de Lucy.

–Llegáis tarde –les dijo el abuelo al verlos, haciendo que todos en la mesa se giraran hacia ellos.

También Lucy se volvió. Tony pensó que se pondría seria por haberla dejado sola, pero extrañamente sonrió todavía más.

–Sentaos –ordenó el abuelo.

La tía Madeline le había guardado un sitio a Demitrio, de modo que Tony ocupó la única silla libre, junto a Nick, el extremo opuesto a Lucy. Se sirvió en el plato, pero sin poder apartar los ojos de ella. Había algo distinto en su expresión. Tenía la piel radiante y los ojos le brillaban de un modo especial.

–A Lucy se la ve muy bien –observó Nick al pasarle las zanahorias a Tony, quien se sirvió algunas a pesar de que no tenía mucha hambre–. Todos están encantados con ella y se preguntan por qué no la han conocido antes.

Y tendrían que seguir preguntándoselo, porque no era asunto de ellos.

–¿Cuánto tiempo estuvisteis saliendo? ¿Un año?

–Casi –si Nick esperaba que le diese detalles estaba muy equivocado. Por suerte no fue difícil cambiar de tema, ya que nada le gustaba más a Nick que hablar de sí mismo–. ¿Cómo fue la ecografía? ¿Es niño o niña?

–Ah, es verdad, te has perdido el anuncio de Terri por haber llegado tarde.

–Es niña –dijo Terri, sentada al otro lado de Nick.

–Vaya, ¡enhorabuena! –la felicitó Tony.

–¿Cómo lleva Lucy el embarazo? –le preguntó Terri.

–Terri estuvo un mes con náuseas horribles –dijo Nick–. Y de lo más impredecibles. De pronto le cambiaba la cara y tenía que ir corriendo al baño, si es que había un baño cerca. Es sorprendente los lugares que encuentras para vomitar cuando...

–¿Podrías dejar el tema de los vómitos mientras cenamos? –le reprochó su hermana Jessica.

–Sí, por supuesto –concedió Nick–. Gracias a Dios ya ha pasado, pero los tres primeros meses fueron espantosos.

–Yo me los perdí –dijo Tony.

–Pues considérate afortunado.

Tony no se sentía para nada afortunado. Todo lo contrario, sentía que había cometido el mayor error de su vida.

Nick debió de notarlo, porque dejó el tenedor y se volvió hacia él.

–Lo siento Tony. No debería haber dicho eso.

–No te preocupes.

–Últimamente te veo cambiado.

–No todos los días se entera uno de que su ex está embarazada.

–No –dijo Nick–. Empezó hace tiempo. Incluso antes de Alice. Empecé a notar ese cambio cuando se marchó Lucy.

Después de que ella se marchara él no había

vuelto a sentirse como se sentía antes de conocerla. Pero empezaba a sospechar que el hombre que era antes de Lucy ya no existía. Conocerla lo había cambiado, pero no se había dado cuenta hasta que ella se marchó.

–Supongo que fue un golpe más duro de lo que quería admitir.

–El amor es algo curioso. Terri y yo fuimos amigos durante veinte años antes de descubrir que estábamos hechos el uno para el otro. Si no hubiera sido por el abuelo y su intento de soborno, habríamos seguido igual el resto de nuestras vidas.

¿Sería eso lo que le estaba sucediendo a él? ¿Se estaba enamorando de Lucy? ¿O quizá ya lo estaba? Nunca había estado enamorado, al menos que él supiera, así que no podía saberlo.

Acabada la cena, Lucy ayudó a quitar la mesa y Tony se vio inmerso en una conversación de trabajo con su padre y su tío Leo. Cuando por fin pudo librarse fue en busca de Lucy y la encontró sentada en el sofá, rodeada de niños.

Ella sonrió al verlo. Él le hizo un gesto con la cabeza para que lo siguiera, pero su hermana Elana la detuvo.

Tony se alegraba de que su familia la hubiese aceptado, pero ya había tenido suficiente.

–¿Puedo robarte a Lucy?

–Si yo fuera Lucy tampoco me casaría contigo –le criticó Elana.

–Y luego os sorprendéis de que no traiga a nadie a cenar… –agarró a Lucy de la mano y se la llevó.

–¿Adónde vamos? –preguntó ella.

–A algún lugar donde podamos estar solos.

La condujo al piso superior, a un dormitorio libre que tenía cerrojo en la puerta. Allí la agarró por los hombros y la giró para mirarla.

–Vaya…

Ella se miró.

–Lo sé, estoy enorme.

–No. Estás preciosa.

–Ah, es el vestido –se lo alisó sobre la barriga.

Él ni siquiera se había fijado en lo que llevaba puesto. Lucy seguiría siendo igual de apetecible aunque fuera con un saco de patatas.

–No es el vestido. Eres tú.

Ella se puso colorada.

–Lo siento mucho –se disculpó él–. Quería estar aquí cuando conocieras a todos.

–No importa.

–Sí que importa.

–De verdad que no. De hecho, debería darte las gracias, porque hacerlo sola me ha ayudado mucho. Y me alegro de no haber sabido nada de la cena cuando vine. Seguramente habría buscado cualquier excusa para librarme.

–¿Cómo que no sabías lo de la cena? Es el último viernes del mes.

–Lo sé. Supongo que se me olvidó. Últimamente hemos tenido otras preocupaciones.

–Debería habértelo recordado.

–No es culpa tuya.

Lo era. Lucy necesitaba que se ocupara de todo por ella.

–Lo siento, Lucy. Llevo cenando en casa de mis abuelos el último viernes de cada mes toda mi vida, y ni siquiera soy consciente de lo que hago. Después del trabajo me subo al coche y conduzco hasta aquí sin darme cuenta.

–Ya te he dicho que no importa. Además, me he divertido mucho. Tu abuelo no es como esperaba. Ni los demás.

–¿Qué esperabas?

Ella dudó.

–Bueno, no me habías pintado una imagen muy halagüeña de tu familia, así que…

–¿No?

–Nunca te oí decir nada bueno de ninguno de ellos.

¿Sería cierto? ¿De verdad era tan crítico cuando hablaba de su familia?

–¿Y quién es Carrie?

–La mujer de Rob. No la he visto esta noche.

–Creo que está en Los Ángeles. Todos me han preguntado si ya la conozco, y supongo que hay una razón para ello.

Sí que la había.

–Carrie es la mejor amiga de Alice.

–Ah, entiendo…

–Así es como conocí a Alice.

–Pues esa Carrie me va a odiar a muerte, ¿verdad?

–No, si se toma la molestia de conocerte.

–¿De verdad lo crees?

–Totalmente –Lucy era tan afable y encantadora que sería imposible que no le gustara a al-

96

guien. Además, no tenía nada que ver con su relación con Alice.

–¿Te importa si nos vamos a casa? –le preguntó Lucy–. O puedes llevarme y luego volver. Estoy rendida.

–Hoy debías estar descansando.

–Y lo he hecho, como dijo el doctor Hannan. Creo que empieza a afectarme esto de esperar con el alma en vilo.

–¿Significa eso que aún no has recibido noticias del médico?

–Esperaba saberlo hoy, pero ¿qué probabilidades hay de que llame un viernes por la noche?

Tenía razón. De modo que tendrían que esperar hasta el lunes, lo que significaba que iba a ser un fin de semana muy largo.

Eran las ocho y media cuando decidieron marcharse, y casi las nueve cuando consiguieron subirse al coche. Era increíble el tiempo que se podía emplear en despedidas. Había recibido más besos y abrazos en una sola velada que en toda su vida. Sus preocupaciones sobre la indiferencia que pudiera recibir de los Caroselli habían demostrado ser infundadas, y casi sentía que era ya parte de la familia.

Eran escandalosos, entrometidos y maravillosamente entrañables.

–Así que esto es tener una familia numerosa –comentó.

–Y desquiciada –dijo Tony, riendo.

–Pero no los cambiarías por nada.

–No lo sé. Estaría dispuesto a negociar –la miró con una sonrisa–. ¿Qué me ofreces?

–Ten cuidado con lo que deseas –Lucy se quedaría con ellos sin dudarlo.

–Tal vez no los cambiara –admitió él–, pero sí que los daría en préstamo.

–Tu madre ha sido muy buena conmigo, y me encanta tu tío Demitrio.

–Sí. Quiero mucho a mi tío Leo, pero Demitrio y yo siempre hemos estado particularmente unidos.

–Te pareces mucho a él.

–¿En serio? –preguntó Tony como si nunca se hubiera fijado.

–Os parecéis en todo, hasta en la forma de reír. La primera vez que lo vi pensé que eras tú.

–Supongo que hay algún parecido.

–¿Tu madre y él tienen algún problema? Sentí que había tensión entre ellos.

–Viejas heridas, tal vez. La verdad es que no lo sé. Mi padre y Demitrio tuvieron una discusión hace un par de meses.

–¿Una discusión?

–Más bien una pelea. Leo tuvo que separarlos. Supongo que se debió a que mi madre y Demitrio habían salido juntos.

Aquello sí que era interesante.

–¿Cuándo?

–Antes de que Demitrio se alistara en el ejército. Cuando él se marchó, mi madre empezó a salir con mi padre.

–Tuvo que ser una situación extraña para tu familia.

–Seguramente siga habiendo un gran resentimiento. En cualquier caso, yo procuro mantenerme al margen.

A Lucy le costaba creer que Tony pudiera estar tan cegado ante lo que para ella era evidente: la posibilidad de que Demitrio pudiera ser el padre de Tony.

¿Por eso los abuelos de Tony habían sido tan duros con Sarah al principio? ¿Sabían que estaba embarazada del hijo de Demitrio? La explicación era un poco rebuscada, pero si algo había aprendido trabajando de camarera era que todo el mundo tenía secretos, fuera cual fuera su estatus social.

–¿Por qué ese repentino interés en mi tío? –le preguntó él.

–Es solo curiosidad –era mejor no exponer sus dudas.

Al llegar a casa Lucy ya se había convencido de que todo, o casi todo, eran imaginaciones suyas. Además, no era de su incumbencia.

Tony la dejó en la puerta y le dijo que no lo esperara mientras él buscaba aparcamiento, algo verdaderamente difícil un viernes por la noche.

Cuando lo oyó entrar en casa, ya se había puesto el pijama y estaba sentada en la cama, buscando el móvil en su mochila. Tony había intentado comprarle un bolso de marca el otro día, y lógicamente ella se había negado. No entendía cómo alguien en su sano juicio se podía gastarse cientos de dólares en una bolsa de piel con bolsillos solo por el nombre. Con ese dinero ella podría comer un mes entero.

También rechazó que le comprase una mochila nueva, la suya estaba perfectamente, salvo algunas manchas y deshiladuras, además de que tenía un gran valor sentimental. Lucy se la había encontrado en el bar el día que vio a Tony por primera vez.

Miró el móvil y el corazón casi se le salió del pecho.

—¡Dios mío! Me ha llamado.

—¿El médico?

—Hace diez minutos. No oí el móvil porque estaba en la mochila. ¿Qué clase de médico llama a un paciente un viernes a las nueve de la noche?

—Un médico ocupado.

—Ha dejado un mensaje. No me atrevo a oírlo.

Tony se acercó a la cama y extendió la mano.

—Dame el móvil. Lo escucharé yo.

Ella activó el buzón de voz y le entregó el móvil. Tony escuchó unos diez segundos, que a Lucy le parecieron horas.

—Ha dejado su número. Dice que lo llames cuando puedas. A cualquier hora —le devolvió el móvil a Lucy, que estaba temblando, y se sentó a su lado para pasarle un brazo por los hombros—. No tiene por qué ser nada malo.

Ella marcó el número, muerta de miedo.

—Buenas noches, Lucy —saludó el doctor Hannan. —Todo está bien —dijo él.

–¿Eh?

–El bebé y tú. Los dos estáis bien.

Gracias a Dios…

–¿Está completamente seguro?

–Completamente. El bebé es pequeño pero está sano.

Lucy sentía un alivio tan grande que a punto estuvo de echarse a llorar.

–¿Entonces ya puedo estar de pie?

–Bueno, yo de ti no intentaría correr un maratón, pero sí que puedes retomar tus actividades normales. Te veré dentro de un mes. Si hay algún problema, llámame a la consulta.

Lucy le dio las gracias, colgó y rompió a llorar.

¿Dos veces en un mismo día? ¿Qué demonios le pasaba?

Tony la rodeó con los brazos y ella se aferró a él, empapándole la camisa con las lágrimas mientras Tony la consolaba y le decía que todo saldría bien. Ella quería creerlo, pero no podía librarse de un mal presagio, como si todo fuera demasiado bueno para ser verdad. ¿Se despertaría una mañana en casa de su madre y se daría cuenta de que todo había sido un sueño?

Afortunadamente, fue un arrebato muy breve, y cuando dejó de llorar, Tony le dio un pañuelo.

–¿Te sientes mejor?

Ella sorbió y asintió.

–Lo siento. Estaba tan nerviosa que...

Él la besó en la frente.

–Tranquila. Ya no tienes nada de que preocuparte.

«Por ahora», quiso decir ella. Muchas cosas aún podían salir mal.

Tony le sujetó el rostro entre las manos y la miró fijamente a los ojos.

–Cásate conmigo. No lo pienses. Tan solo di que sí.

Lucy tuvo la palabra en la punta de la lengua. Quería decírselo, pero no podía. No quería un matrimonio de conveniencia.

–¿Lucy?

La miró de un modo que, si no lo hubiera conocido tan bien, lo habría confundido con una mirada de amor.

Su mente volvía a jugarle malas pasadas. Solo estaba viendo lo que quería ver.

–Ya sé que piensas que es lo mejor para el bebé…

–O lo mejor para mí –sacudió la cabeza y rectificó–. No, no quería decir eso. Lo mejor para nosotros. Para los tres.

Lucy no estaba segura de lo que intentaba decirle.

–Pero no hay un «nosotros». Solo somos amigos.

–¿Alguna vez has pensado que debería haber algo más?

Más veces de las que podía contar. Pero no por la razón que él debía de estar pensando.

–No puedo.

Tony suspiró.

–¿No puedes o no quieres?

Las dos cosas.

—No puedo... no quiero... ¿Qué diferencia hay?

—No puedo aceptarlo –dijo él–. Tiene que haber un modo de convencerte de que es lo mejor. Dime qué tengo que decir o qué hacer. ¿Qué es lo que quieres?

«Que me digas que me quieres y que no puedes vivir sin mí». Eso quería que le dijera. Aunque no fuera cierto.

—Me vuelves loco –le confesó Tony, pegando la frente a la suya–. Si tan solo pudieras...

—¿Qué? –¿comprometer sus principios? ¿Su dignidad?

Él dejó escapar un gruñido de frustración y se levantó de la cama para caminar de un lado a otro como un animal enjaulado.

—Mira –le dijo ella–, ya sé que estás acostumbrado a salirte siempre con la tuya, pero...

—¿Me tomas el pelo? –espetó él–. ¿Cuándo me he salido yo con la mía?

Lucy no sabía qué responder, aunque le parecía una pregunta retórica.

—Siempre me he dedicado a trabajar para mi familia, no a perseguir mis verdaderos objetivos –su indignación crecía a cada palabra–. He llegado a despreciar mi trabajo y mi carrera, porque nunca he querido dedicarme a ello. He hecho siempre lo que se esperaba de mí, ¿y adónde me ha llevado? Ni siquiera puedo conseguir que la mujer a la que amo se case conmigo. Así que dime, ¿de dónde sacas que siempre me salgo con la mía?

Lucy había dejado de escuchar a partir de la palabra «amo».

–¿Qué has dicho? –lo cortó a mitad de una frase.

Él frunció el ceño.

–¿Qué he dicho cuándo?

–Cuando has dicho que me amas.

Él cerró los ojos y maldijo entre dientes.

–Lo siento. Se me ha escapado.

¿Lo sentía?

–No –rectificó él–. No lo siento. Ya sé que esto te alejará aún más de mí, pero es la verdad. Lucy, te amo.

¿Y por qué habría de alejarla? Abrió la boca para responderle, pero él siguió hablando.

–Ya sé que es lo último que quieres oír en estos momentos.

¿Lo último que quería oír?

–Que conste que he intentado evitarlo. Por tu bien.

¿Por su bien?

–Y en aras de la sinceridad...

–¡Tony!

–¿Qué?

–Cállate –le ordenó, y antes de que pudiera decir nada más lo besó en la boca.

Capítulo Ocho

Lucy no supo cómo acabó boca arriba en la cama, ni cómo Tony consiguió desnudarlos a ambos tan rápido.

Su olor, el sabor de su boca, el roce de su barba incipiente… Todo era tan familiar, tan Tony, y sin embargo, resultaba tan emocionante como la primera vez. Lucy cerró los ojos y se deleitó con el tacto de sus labios.

–Eres tan hermosa –murmuró él, contemplándola como si fuera una obra de arte–. Prométeme que volverás a ponerte ese vestido.

–¿Qué vestido? –llevó las manos hasta sus fuertes hombros e intentó tirar de él hacia ella, pero era como intentar mover una pared de ladrillo.

–El que llevabas esta noche –le subió una mano por el muslo–. Me gusta que sea suave y deslizante… –la hizo gemir al introducir un dedo en ella–. Igual que tú.

Empezó a tocarla, al principio con calma y dulzura, pero luego con una intensidad cada vez mayor. Descendió con la boca hasta la entrepierna y la besó y saboreó como nunca, avivando las llamas con palabras subidas de tono. Ella le entrelazó las manos detrás de la nuca y tiró de él. Su peso la

105

hundió en el colchón. La luz de la luna bañaba su cuerpo esculpido en fibra y músculo. Él le agarró las manos, se las colocó sobre la cabeza y movió las caderas para deslizarse en su interior, lentamente, hasta el fondo...

Tony la miró con ojos vidriosos y desenfocados.

–Lucy...

La forma en que pronunció su nombre casi acabó con ella. Estaba a punto de explotar, y él la besó con una pasión enloquecedora mientras seguía empujando dentro de ella. Lucy se aferró a él con todas sus fuerzas, le clavó las uñas en los hombros y las nalgas y se arqueó con una impaciencia febril. Nunca se había sentido tan desatada, barrida por una lujuria incontenible.

Tony murmuró algo y la agarró con fuerza mientras todo su cuerpo se tensaba. Sus últimas embestidas se hicieron más frenéticas y llevaron a Lucy a unas cotas de placer insospechadas. Un gemido ahogado escapó de sus labios al ser arrastrada por una vorágine de sensaciones que culminaron en un delirio sublime.

Los dos jadeaban sin aliento cuando Tony se tumbó a su lado. Lucy no estaba del todo segura, pero le parecía que el sexo estando embarazada era más apasionado e intenso que el sexo normal.

¿Podría ser el motivo que la hacía sentirse más confusa e insegura de sí misma que nunca?

Debería ser el día más feliz de su vida. Tony la amaba, quería casarse con ella e iban a tener un hijo sano. Le gustaba a su familia y ellos le gustaban a ella. Estaba recibiendo todo lo que siempre había deseado. Entonces, ¿por qué seguía sintiéndose como una farsante?

Tony le dio la respuesta sin pretenderlo.

—Te quiero, Lucy —le dijo mientras se acurrucaba junto a ella. A los pocos segundos, se había quedado dormido.

¿La quería? ¿Cómo podía quererla si ni siquiera la conocía?

Era como si cada vez que se arreglaba un estropicio se produjera otro. ¿Hasta cuándo?

Deseaba todo aquello con toda su alma. Pero no así, sabiendo que en cualquier momento podría desvelarse algo de su pasado que lo echara todo a perder. Tony tenía que saber quién era y lo que era. Lo bueno y lo malo. Y por suerte, eso tenía fácil solución. Lo único que debía hacer ella era contarle la verdad. Toda la verdad. Si después seguía deseándola, ella sabría que era cierto.

Tony se despertó el sábado por la mañana a las diez y media, después de la mejor noche de descanso que había tenido en una semana.

¿Solo había transcurrido una semana? Habían sucedido muchas cosas en poco tiempo, pero lo de la noche anterior había sido un punto y aparte en su relación con Lucy. Tal vez lo malo había acabado y era el momento de empezar de bueno.

Fue en busca de Lucy, pero lo único que encontró fue una nota escrita a mano. Se asustó al verla. Tal vez acostarse con Lucy había sido una mala idea y ella había salido huyendo otra vez...

Desdobló la nota y comenzó a leer.

Querido Tony, NO te he dejado. Te lo digo porque seguramente sea lo primero que pienses cuando veas mi nota.

Él sacudió la cabeza y sonrió. Lucy lo conocía muy bien.

Estoy con tu madre. Esta mañana la he llamado para decirle que el bebé está bien y ella ha insistido en que nos vayamos de compras.

Anoche te quedaste dormido enseguida y no pude decirte lo maravilloso que fue. Me alegra que hayamos vuelto a compartirlo.

Él también se alegraba, pero...

Bueno, ahora es cuando toca ponerse seria.

Te quiero. Y sé que tú crees que me quieres. Pero no es verdad. No puedes quererme, porque no soy la mujer que tú crees que soy. Te parecerá un disparate, pero así es. Tenemos mucho de que hablar. Pero antes necesito que me hagas un favor. ¿Recuerdas que te hablé de mi diario?

Claro que se acordaba. Había empezado como un proyecto para la escuela. Lucy solía escribir en su ordenador portátil cuando se quedaba a dormir en su casa.

Nunca imaginé que se lo diría a nadie, pero quiero que lo leas. Te advierto que es muy largo y que te encon-

trarás con muchas cosas que preferirías no saber. Lo siento. Pero NECESITAS saberlo todo. Si después de haberlo leído ENTERO sigues queriéndome (y entendería que no fuera así), entonces mi respuesta es sí, me encantaría casarme contigo.

Te he enviado un correo con el enlace del sitio web y he incluido mi nombre de usuario y mi contraseña.

Un beso,

Lucy

Aturdido, Tony dejó la nota y permaneció unos minutos sin moverse, asimilando lo que acababa de leer, temiendo encender el ordenador. Lucy tendría que haber hecho algo realmente horrible para que no la quisiera. Seguro que estaba exagerando. ¿O quizá no?

Solo había un modo de averiguarlo. Se preparó una taza de café bien cargado y encendió el ordenador. El correo de Lucy lo estaba esperando con toda la información necesaria para acceder a su cuenta personal.

El diario se remontaba a cuando Lucy tenía once años. La entrada más reciente había sido escrita aquella mañana a las 5:40. Tony contuvo el impulso de ir directamente al final y empezó a leer por el principio.

Los primeros meses le hicieron bostezar. Eran las típicas cosas que cualquier niña escribiría en la pubertad.

Llegó a pensar que estaba perdiendo el tiempo y que Lucy tenía un talento especial para el melodrama.

Pero entonces acabó el proyecto de escuela, con él desapareció el mundo ideal de Lucy. La primera entrada no escolar comenzaba con:

Otra vez desahuciadas. Hoy he vuelto a casa de la escuela y he encontrado todas mis cosas en la basura.

A partir de ahí todo fue cuesta abajo.

Tras leer dos semanas más se le formó un nudo en el estómago. Otras dos semanas y sintió ganas de vomitar. Al acabar el primer año estaba considerando seriamente la posibilidad de contratar a un asesino a sueldo para que se encargada de la madre de Lucy.

Pero lo peor aún estaba por llegar.

Las chicas de trece años escribían sobre las estrellas del pop o sobre los chicos a los que querían besar. No escribían de los «amigos» de su madre que la manoseaban lascivamente cada vez que su madre se daba la vuelta. Ni de cómo se despertaban en mitad de la noche para encontrar a un hombre sacándole fotos.

Había gente estúpida que no entendía nada y gente malvada a la que no le importaba nada. Y luego había gente como la madre de Lucy, que solo vivían para infligir dolor.

Tony había asistido a un par de cursos de psicología en la universidad y reconocía las características de un psicópata. Nadie en su sano juicio trataría a su hija como la madre de Lucy la había tratado.

Era la crueldad personificada.

Pensó en todas las veces que se había quejado

de su familia a Lucy y sintió asco de sí mismo. Su infancia, toda su vida, había sido un cuento de hadas comparado con lo que Lucy había sufrido.

Lucy se había marchado de casa con diecisiete años y se había ido a vivir con un amigo. Tenía la esperanza de que todo fuera a ser más fácil, hasta que ese amigo intentó acostarse con ella una noche y, al ser rechazado, la echó a la calle. Durante los años siguientes Lucy fue de un lado para otro, haciendo nuevas amistades pero sin entenderse realmente con nadie.

El relato de su vida solo podría calificarse de sobrecogedor. Cada vez que algo bueno ocurría le estallaban otras cinco cosas malas en la cara. Era como si el infortunio se estuviese cebando con ella.

Y entonces conoció a Tony.

El recuerdo de aquella noche, de la primera vez que la vio tras la barra del bar, estaba grabado en su memoria. Una joven tan hermosa y dinámica que no se podía apartar los ojos de ella. Al parecer la atracción fue mutua. Toda una sorpresa, ya que apenas intercambiaron palabra las primeras veces que él fue al bar. Pero según contaba Lucy en el diario, no había sido por una falta de interés. Más bien le había parecido una especie de dios griego o algo así. Había escrito una página entera acerca de sus ojos. Solo de sus ojos…

Había ocultado muy bien su interés, porque Tony nunca sospechó que se hubiera fijado en él. Y cuando le pidió salir ella le respondió que no salía con clientes. El diario decía otra cosa: Lucy pensaba que era demasiado atractivo y demasiado maravilloso para ser cierto. Poco a poco, sin embargo, él fue venciendo sus reticencias. Fue entonces cuando el tono del diario cambió realmente.

Fue como ver una flor abriendo sus pétalos a cámara rápida. Lucy había empezado a abrirse, a confiar en él, a enamorarse. Con aquel diario Lucy le había hecho un regalo invalorable. Le había brindado una ventana a su alma, y él nunca más volvería a verla del mismo modo. Ni tampoco a sí mismo.

Era increíble que después de todo por lo que Lucy había pasado, después de todo el sufrimiento, todas las mentiras, todas las promesas rotas, se hubiera abierto a él.

Le había entregado su confianza.

Y él estaba seguro al cien por cien de que no se la había merecido.

Oyó una llave en la cerradura y levantó la vista del ordenador. Tenía la visión borrosa después de pasarse leyendo tantas horas, y al principio le costó ver a Lucy. Se alegró de que su madre no la acompañara.

Ella se detuvo al verlo, sorprendida.

—¿Estás bien?

—Sí, ¿por qué?

—Porque son las seis de la tarde y todavía estás en pijama.

Se había pasado siete horas delante del ordenador. No había desayunado, ni almorzado, ni siquiera había ido al baño.

—He estado leyendo.

–Ah... Bien.

–Has estado mucho rato de compras. ¿Dónde están las cosas?

–Ni a tu madre ni a mí nos han quedado fuerzas para subirlo todo. Ha dicho que vayamos mañana a comer y a recoger las cosas –se quitó el abrigo–. Salvo lo que tienen que entregar, claro.

¿Entregar?

–Ha comprado algunos muebles. Yo no quería, pero no he podido impedírselo –se mordió el labio y se giró hacia él–. ¿Cuánto has leído?

–Lo suficiente.

–No sé dónde vamos a poner los muebles...

–¿Qué clase de muebles?

–De niño. Madera de arce, para ambos géneros, y la cuna se transforma en una cama. Es un juego de cinco piezas.

–Entonces vamos a necesitar un lugar más grande.

–¿Para ti y para el bebé?

–Para los tres.

–¿Un apartamento?

–Poco práctico.

–¿Un piso?

–Estaba pensando más bien en una casa.

Capítulo Nueve

Lucy respiró profundamente para intentar que la cabeza dejara de darle vueltas.

–¿Quieres que nos mudemos a una casa? ¿Juntos?

–¿No es eso lo que hacen las personas casadas? Tienen hijos, compran casas, viven juntos y felices para siempre… Ese tipo de cosas.

–¿Todavía quieres casarte conmigo?

–¿No es eso lo que haces cuando amas a alguien?

Lucy se sintió embargada por la emoción.

–Yo también te amo.

Él la estrechó entre sus brazos y la apretó con fuerza.

–Creía que al leer mi diario cambiaría lo que sientes por mí –dijo con voz ahogada.

–Y lo ha cambiado. Eras mi mejor amiga, mi confidente, la mujer que amo –le hizo levantar el rostro para mirarla a los ojos–. Ahora eres mi heroína.

Ella parpadeó con asombro.

–¿Yo? ¿La heroína de alguien?

–Lucy, eres la persona más valiente que he conocido.

–Todo eso está muy bien, pero sigo sin ser la persona que tú pensabas que era.

–Cierto, no lo eres. Eres aún mejor.

–¿Mejor?

–Sí, mejor, y no podría quererte más. Tu pasado es lo que te ha convertido en la persona que eres, en la mujer a la que amo.

–Pero, mi pasado, mi familia…

–Tú no eres tu familia, Lucy. Y si de mí depende no volverás a ver a tu madre.

–Ella nunca quiso tener una hija. Solo quería la pensión que podía sacarle a un incauto. Con lo que no contaba era con que muriese tan joven.

–Me sorprende que no tuviera más hijos con otros hombres para conseguir lo mismo.

–Después de que yo naciera tuvieron que hacerle una histerectomía.

–¿Fue por intervención divina?

–Seguramente –se puso una mano en la barriga–. Espero que nuestro hijo no salga a mi familia.

–Lucy, si nuestro hijo se parece a ti, será una persona fuerte, valiente e inteligente. Íntegra, honrada y generosa, y estará colmada de virtudes que usará para hacer cosas maravillosas.

Las palabras de Tony la dejaron sin aliento.

–¿De verdad es así como me ves?

Él le acarició el rostro.

–Cuando crezca, quiero ser como tú.

–Vaya… Creo que es lo más bonito que me han dicho en la vida.

–Ya era hora de que alguien te lo dijera. Tienes

muchas virtudes, Lucy. Pero tengo la impresión de que no conoces ni una. Sabes escuchar.

—Me gusta escuchar tus historias. No creo que sea un don.

—Lo es para la gente que te habla. Pero al leer tu diario he descubierto que también tienes un don para comunicarte, Lucy. Y sé que tienes muchísimo que contar. Debes compartirlo con otros.

—¿Y si hablo y nadie me escucha?

—Créeme, te escucharán.

—No sé lo que esperas que diga.

—Voy a sugerirte algo que quizá no te guste, pero escúchame, ¿de acuerdo?

—De acuerdo.

—Creo que deberías publicar tu diario.

¿Se había vuelto loco?

—¿Publicarlo? ¿Tienes idea de cuánto me costó dejar que lo vieras? ¿Quieres que todo el mundo pueda leerlo en Internet?

—No, no solo en Internet. Creo que deberías publicarlo en papel.

Lucy se apartó de él. No podía estar hablándole en serio.

—Sería de gran ayuda para muchas personas.

—¿Cómo?

—Haciéndoles ver que no están solos. Empleando la voz que sé que tienes. ¿No te sentías aislada y sola, como si nadie pudiera entenderte? Ahora puedes enseñarle a los demás que hay esperanza.

Lucy nunca lo había pensado.

—A pesar de todo conseguiste salir adelante. Pero muchos otros no lo consiguen.

—Pero, ni siquiera soy escritora.

—Sí que lo eres. Tienes un don, Lucy. No lo ocultes.

—¿Y por dónde empiezo?

—Tengo un amigo de la universidad que es agente literario. Me gustaría enviarle tu diario a ver qué le parece.

—No sé, Tony…

—Podrías cambiar las vidas de muchas personas, igual que has cambiado la mía.

La idea de que cualquiera pudiese leer la historia de su vida, especialmente la familia de Tony, la llenaba de pavor. Mucha gente tal vez se identificara con ella, pero otros la acusarían de exagerar sus vivencias para llamar la atención. ¿De verdad quería exponerse a aquella clase de críticas? ¿O era su obligación, como superviviente, ayudar a otros que se encontraban en situaciones similares?

También podía ser que fuera un fracaso y nadie lo leyera.

—Déjame pensarlo.

—Claro. Puedo llamarlo el lunes. Ah, y por cierto, no te sientas mal por Alice.

Debía de haberlo leído casi todo.

—No puedo evitarlo.

—Nuestro matrimonio solo era un trato ventajoso para ambos. Nadie resultó herido.

—Aun así, tuvo que ser muy humillante para ella. Aunque fuiste muy considerado al dejar que se quedara con el anillo.

—Fue un pequeño precio a pagar. Y eso me recuerda que tengo algo para ti. Espera aquí.

Lucy se derrumbó en el sofá, se quitó los zapatos y apoyó los doloridos pies en la mesita.

Tony no debió de encontrar lo que buscaba, porque volvió a los pocos minutos con las manos vacías.

–A diferencia de ti, yo no tengo un don para las palabras. Muchas de las cosas que digo se malinterpretan o no se entienden. Así que quiero ser muy claro con lo que voy a decir. Sin rodeos ni adornos. Solo la verdad.

Se arrodilló ante ella y a Lucy se le formó un nudo en la garganta.

«Contrólate, Lucy. Vas a conseguir lo que siempre has querido, pero de ningún modo vas a llorar otra vez».

–Te quiero, Lucy.

Definitivamente era un buen comienzo.

–Yo también te quiero.

Tony metió la mano en el bolsillo de la bata y sacó un estuche de terciopelo verde, amarilleado por el paso del tiempo. Lo abrió y Lucy ahogó una exclamación al ver el anillo. Un diamante de corte princesa reflejaba la luz del sol que entraba por la ventana, rodeado por pequeños rubíes.

–Haz que mi vida sea completa, Lucy. Cásate…

–¡Sí! –exclamó ella sin dejarlo terminar–. ¡Sí, sí, sí!

Él se rio y le deslizó el anillo en el dedo.

–Era de mi bisabuela. Ha pertenecido a la familia más de cien años.

¿Y se lo confiaba a ella? Lucy levantó la mano para observar los destellos. Nunca había imaginado que llevaría algo tan bonito en el dedo, y la verdad era que tenía miedo. ¿Y si lo rompía o lo perdía?

–Ella murió antes de que yo naciera –continuó él–. Pero yo heredé su anillo al ser el mayor de los nietos.

–¿Y quieres que yo lo lleve?

–Te lo he puesto en el dedo, ¿no?

Sí, y encajaba perfectamente. Su bisabuela debía de haber sido una mujer menuda, como Lucy.

Por primera vez en su vida, se sentía verdaderamente feliz. Como si todo fuera posible. Y ya puestos a soñar ¿por qué no hacerlo a lo grande?

Se lo comunicaron a los padres de Tony al día siguiente, durante la cena, y naturalmente Sarah llamó enseguida a sus hermanas. Quince segundos después lo sabía toda la familia. O quizá todo el mundo. Durante los dos días siguientes el teléfono no dejó de sonar y empezaron a llover los correos y tarjetas.

En otras circunstancias Tony se habría sentido harto, pero el diario de Lucy lo había obligado a replantearse sus prioridades. Tenía que dejar de ser tan crítico y empezar a disfrutar de una familia que lo quería y lo apoyaba incondicionalmente, aunque con frecuencia lo sacaran de sus casillas. Tampoco podía seguir culpándolos por haberse quedado en Chocolate Caroselli, ya que había sido una decisión suya y nada más que suya. La pereza o el miedo le habían impedido abandonar el nido.

Pero ya no. Solo tenía que esperar el momento adecuado.

Lo primero y más importante era encontrar una casa. Como era de esperar, Lucy empezó a poner trabas sobre el gasto innecesario que supondría, arguyendo que Tony debía emplear ese dinero en algo más provechoso, como montar su propio negocio. Pero cuando él le dijo a cuánto ascendía su sueldo, más de un millón al año, Lucy se quedó tranquila y Tony llamó a su agente inmobiliario aquella misma tarde.

Dos días después, tras descartar un buen número de viviendas porque, según Lucy, eran o demasiado grandes o demasiado caras, el agente llamó a Tony para informarle de que acababa de ponerse a la venta una casa para reformar a un precio muy interesante.

Resultó ser una vieja mansión victoriana con cinco dormitorios y un enorme porche. La calle era tranquila y segura, pero la estructura parecía a punto de derrumbarse.

—Es perfecta —dijo Lucy nada más verla.

—¿Perfecta? Pero si apenas se sostiene en pie.

—Pero podría ser preciosa.

—Está bien, vamos a mirar —se preparó para los horrores que los aguardaban en el interior, pero no fue para tanto. Todas las habitaciones necesitaban reformas, pero los cimientos parecían solidos.

—Me encanta —dijo Lucy cuando volvieron a salir—. Es todo lo que podría desear en una casa. Tiene el espacio que necesitamos y un jardín enorme. Solo le hace falta un lavado de cara.

Le hacía falta mucho más, pero la emoción que ardía en el rostro de Lucy dejaba claro que había tomado una decisión. Y si aquello era lo que de verdad quería, lo tendría.

–Las reformas podrían tardar meses –le advirtió Tony.

–Pues tendremos que apretarnos los tres en tu apartamento hasta que se terminen.

–Bueno… es un sacrificio que vale la pena. Decidido –le dijo al agente–. Nos la quedamos.

Lucy le echó los brazos al cuello y lo apretó con fuerza. Una hora después habían firmado el contrato, y a los dos días el contratista comenzaba las obras.

Un mes después del regreso de Lucy, Tony la sorprendió con un monovolumen último modelo provisto de todos los accesorios imaginables: sillita portabebés, equipo estéreo y sistema de navegación. Y lo más importante, una calificación de seguridad de cinco estrellas.

Con los preparativos de la boda en marcha los días eran bastante ajetreados, pero Tony sentía que todo estaba en orden.

En ningún momento sospechó que era la calma que precedía a la tormenta.

Capítulo Diez

La semana antes de Pascua, un período frené-tico para cualquier chocolatero, Tony estaba dis-frutando de una jornada relativamente tranquila en el trabajo cuando Rob irrumpió en su despa-cho, muy alterado y nervioso.

–Nos vamos. Rápido.

–¿Adónde?

–No hay tiempo para explicaciones. Nick nos recogerá en el garaje.

Tony agarró el abrigo y siguió a Rob, que ya es-taba corriendo hacia el ascensor.

–¿No puedes decirme al menos adónde vamos?

–A casa del abuelo.

–¿Qué ha ocurrido? ¿Está bien?

–Sí, está bien. Todos están bien –no lo parecía, y ¿qué quería decir con «todos»?

Nick los estaba esperando en el coche. Rob se sentó delante y Tony lo hizo detrás.

–¿Podría alguien decirme qué ocurre?

–Al parecer teníamos razón acerca de Rose –le dijo Rob–. Esta mañana se presentó en casa del abuelo y dijo ser una amiga de la familia.

–Pero William no la habrá dejado entrar, ¿ver-dad?

–No fue William quien abrió la puerta. Y Rose se niega a marcharse hasta no haber hablado con el abuelo.

–¿Por qué?

–Buena pregunta.

–No entiendo… –dijo Tony–. Si William no le abrió, ¿quién lo hizo?

Rob miró a Nick, quien asintió con la cabeza.

–Fue Lucy.

¿Su novia embarazada de siete meses y medio estaba atrapada en casa del abuelo con una loca? Lucy no conocía a Rose, por lo que no había sospechado nada al dejarla entrar.

–Creía que ibas a investigar el asunto –le dijo a Rob.

–Y lo hice. No he encontrado nada. Rose es quien dice ser. Y está loca.

El trayecto hasta la casa del abuelo nunca le pareció tan largo. El coche de su tío Demitrio ya estaba allí, aparcado tras un viejo sedán en el camino de entrada. Esperaba encontrarse con la casa llena de policías.

Se bajó el primero del coche y fue el primero en entrar como una exhalación.

–¿Dónde están? –le preguntó a William cuando este salió a su encuentro en el vestíbulo.

–En el salón –respondió el mayordomo.

Su padre y sus tíos estaban de pie junto al mueble bar, hablando entre ellos en voz baja.

Y sentada en el sofá, sosteniendo la mano de Rose, estaba Lucy.

¿Cómo era posible?

Lucy sonrió al verlo, indicándole que todo estaba bajo control, y le susurró algo a Rose, quien asintió y le soltó la mano a Lucy. Esta se levantó y les hizo un gesto a Tony y a sus primos para que la siguieran.

–¿Qué está pasando aquí? –exigió saber Tony cuando estuvieron en la cocina–. ¿Por qué nadie ha llamado a la policía?

–Porque aparte de empeñarse en hablar con el abuelo, no ha hecho nada malo –dijo Lucy–. No creo que sea peligrosa ni que quiera hacerle daño a nadie.

–Lucy, esa clase de comportamiento no es normal.

–Nunca he dicho que lo fuera. Pero no parece una persona violenta.

–¿Por qué está aquí? –preguntó Nick.

–Cree ser la hija bastarda del abuelo.

–Eso es absurdo –dijo Rob.

Tony estaba de acuerdo con su primo. Rose no se parecía en nada a los Caroselli. Tal vez tuviera un color de piel similar, pero nada más. Además, el abuelo jamás habría tenido una aventura con su secretaria. Siempre había adorado a la abuela.

–Su historia resulta muy convincente –dijo Lucy–. Creo que se siente sola y confusa y que necesita ayuda profesional.

–¿Por qué no abrió William la puerta? –preguntó Nick.

–Estaba ayudando a acostarse al abuelo. Abrí yo y ella entró como si esta fuera su casa. Me dijo que era de la familia, pero parecía muy nerviosa, como si esperase que la echaran a patadas en cualquier momento. Cuando conseguí que me dijera su nombre llamé a Sarah. Ella llamó a tu padre y todos vinieron a intentar hablar con Rose, pero ella solo quiere hablar con el abuelo.

—Entonces hablará conmigo.

Todos se giraron para ver al abuelo acercándose a ellos, acompañado por William. Parecía más viejo y frágil que nunca.

—¿Estás seguro de que es una buena idea? —le preguntó Rob—. No está en sus cabales.

El abuelo le hizo un gesto a Lucy.

—Llévame hasta ella.

Lucy entrelazó el brazo con el suyo para conducirlo al salón. Tony se quedó atónito. ¿Desde cuándo eran tan amigos?

—Sigue sin parecerme una buena idea —dijo Rob. Tampoco a Tony se lo parecía, pero confiaba en el criterio de Lucy. Más de una vez la había visto tratar con clientes borrachos y pendencieros.

Cuando Rose vio al abuelo se puso en pie de un salto.

—¡Diles la verdad! —le exigió.

—¿Qué verdad, jovencita? —preguntó el abuelo mientras Lucy lo ayudaba a sentarse. A Tony le pareció que estaba demasiado cerca de Rose y le puso a Lucy una mano en el hombro. Por si acaso.

—Que soy hija tuya —a Rose le temblaban la voz y el cuerpo.

Los hijos del abuelo se acercaron.

—Te aseguro que no lo eres —le dijo el abuelo.

—Encontré las cartas después de que ella muriera. Sé lo que hiciste –se volvió hacia sus hijos–. Lo sé todo sobre esta familia y sus secretos.

¿Qué demonios significaba eso? Tony dio un paso adelante, pero Lucy lo agarró del brazo.

–¿Niegas que le escribiste cartas de amor a mi madre? ¿Niegas haber tenido una aventura con ella?

–No niego nada –respondió el abuelo, impertérrito–. Pero eso no significa que seas mi hija.

¿El abuelo acababa de admitir que había tenido una aventura? Tony esperó la reacción del resto, pero solo Lucy, sus primos y él eran los sorprendidos. ¿Sería posible que sus padres lo hubieran sabido desde siempre?

–Quiero una prueba de paternidad –declaró Rose.

–No será necesario –dijo el abuelo, inclinándose trabajosamente hacia delante–. Si supieras tanto sobre mi familia, jovencita, no tendría que decirte que hace cincuenta años me hicieron una vasectomía. ¿Cuántos años tienes, Rose?

Rose parpadeó varias veces.

–No… –sacudió la cabeza–. No puede ser. Estás mintiendo.

Parecía más abatida que peligrosa, pero Demitrio ya había tenido suficiente y se interpuso.

–No está mintiendo, y no será difícil demostrarlo con los historiales médicos. Los podrás conseguir de nuestro abogado. Hasta entonces, procura mantenerte alejada de mi familia. Y eso incluye a mi hija Megan. Haré que empaqueten tus cosas y te las manden donde desees.

Rose levantó el mentón y sonrió vagamente, como una maniaca a la que hubieran activado el resorte de la locura.

—Estás muy seguro de ti mismo, Demitrio, para ser alguien que tiene tanto que ocultar... —su tono era escalofriantemente tranquilo—. ¿No estáis de acuerdo, chicos? —les preguntó a Rob, Tony y Nick.

Demitrio no se inmutó.

—William, ¿puedes acompañar a nuestra invitada a la puerta, por favor? Y si vuelve, llama a la policía.

Por suerte se marchó sin oponer resistencia.

Durante unos minutos todos permanecieron en un incómodo silencio.

—¿A qué se refería cuando dijo que conoce los secretos de la familia? —le preguntó Tony a su padre.

Los demás intercambiaron miradas entre ellos, pero nadie dijo nada y Tony tuvo la sensación de que todos sabían algo menos él. Una sospecha que se vio corroborada al darse cuenta de que nadie lo miraba a los ojos.

—¿Soy el único que siente curiosidad? —preguntó a la sala en general.

—Está chiflada —dijo Nick— No creo ni que supiera lo que estaba diciendo.

—Ya está bien —concluyó el abuelo—. Estoy cansado y necesito descansar.

Le pidió a Lucy en vez de a William que lo ayudara y ella lo agarró del brazo.

Tony podría haberlo detenido y haberle exigido una respuesta. Pero no lo hizo. No estaba seguro de querer saberlo.

***

Fueron a la oficina para que recogiera su coche, y él aprovechó para enseñarle el edificio a Lucy.

–Es enorme –dijo al entrar en el despacho. Se volvió hacia él y le sonrió.

De nuevo tenía aquella expresión. Una mirada que lo animaba a cerrar la puerta con llave. Lucy y él siempre habían tenido una vida sexual muy animada, pero últimamente ella había mostrado un apetito insaciable. Había días en que lo hacían dos o tres veces.

Tony cerró la puerta y se aflojó la corbata mientras Lucy se quitaba el vestido y lo dejaba caer al suelo, seguido del sujetador. Cada vez que la miraba le parecía más sexy y atractiva.

Se desabotonó la camisa, pero ella lo detuvo cuando se disponía a quitársela.

–Déjatela –le dijo. Le deslizó una mano en el interior de los pantalones mientras lo besaba y le mordisqueaba el labio. Sabía cómo volverlo loco–. Me gusta estar desnuda y tú vestido. Me resulta muy morboso.

Tony no podía estar más de acuerdo, aunque su estatura y la abultada barriga de Lucy los obligaban a ser más imaginativos con las posturas.

–¿Dónde? ¿En la silla o en la mesa?

Ella se bajó las braguitas con una pícara sonrisa y se inclinó en la superficie de la mesa, mirándolo por encima del hombro.

–Ven a por ello…

Lucy se tumbó junto a Tony en la cama con un suspiro de satisfacción. Estaba tan exhausto que le había mandado un mensaje a su secretaria para decirle que llegaría tarde a la oficina y que pospusiera todos sus compromisos.

–No sé por qué estás tan cansado –le reprochó ella–. Esta vez he hecho yo todo el trabajo.

–Estoy cansado porque soy viejo.

–¿Cuántos años tienes? ¿Treinta y ocho, treinta y nueve?

–Sabes que tengo treinta y cinco.

–Eso no es ser viejo. Ni siquiera tus padres me parecen tan mayores. Ser viejo es tener la edad del abuelo.

–A propósito, ¿qué hay entre vosotros dos? Parece que os lleváis muy bien.

Lucy sonrió.

–Me gusta estar con él y escuchar sus historias. Ha tenido una vida muy emocionante. Aunque me quedé de piedra al enterarme de su aventura. Cuando lo llevaba a su habitación me preguntó si me había decepcionado.

–¿Y es así?

–¿Cómo voy a juzgarlo sin conocer las circunstancias? Hay un millón de razones por las que pudo ocurrir –se apoyó en el codo–. ¿Y a ti te ha decepcionado?

–No sé qué pensar. Debería estar disgustado por la abuela, pero tienes razón. No conocemos las circunstancias. Tal vez mi abuela lo supo y no le importó.

–O quizá hasta participó.

–Por favor…

Tony se quedó callado unos minutos, pero era evidente que algo lo inquietaba.

–Hoy, en casa del abuelo, tuve la sensación de que todos sabían algo que yo ignoraba –dijo finalmente–. ¿Sabes tú algo al respecto?

Ella pensaba lo mismo, y naturalmente tenía una teoría que…

No, no tenía derecho a causarle problemas a Tony. Aunque solo era una teoría, pura especulación.

–¿Lucy?

Seguramente se arrepentiría de aquello.

–Tengo una suposición.

–Compártela conmigo.

Ella se incorporó, sintiéndose incómoda y nerviosa. Quizá no fuese buena idea.

–No es más que una sospecha, sin ningún fundamento.

Él se apoyó en los codos.

–Adelante.

–Creo que… –se detuvo, dándose una última oportunidad para reconsiderarlo.

–¿Sí?

–Creo que Demitrio podría ser tu padre.

Tony masculló una maldición y se dejó caer de espaldas.

–Temía que fueras a decir eso.

–¿También tú lo sospechas?

–¿Cómo no voy a sospecharlo, sabiendo que mi madre y Demitrio estuvieron juntos? Pero nunca me he permitido pensar en ello.

–Explicaría muchas cosas. Por qué tus abuelos no aceptaron inicialmente a tu madre. Y por qué te pareces tanto a Demitrio.

–Quiero saberlo, y al mismo tiempo no quiero. Quizá sea hora de que hable con mi madre.

Justo en ese momento el teléfono de Tony empezó a sonar, y Lucy casi esperaba que fuese Sarah.

–Es Richard Stark –dijo Tony al ver la pantalla.

A Lucy le dio un vuelco el corazón. Después de mucho insistir, Tony la había convencido para que le permitiera enviar su diario a su amigo. Las probabilidades de que quisiera publicarlo eran nulas, y seguramente los estaba llamando para decirles que era una porquería.

–¿Quieres hablar con él? –le preguntó Tony.

–¿Te importa responder tú?

Él lo hizo, y tras unos saludos cordiales se puso serio. Durante los minutos siguientes se limitó a asentir y a decir cosas como «entiendo» o «si tú crees que es lo mejor». Y a juzgar por su expresión no debían de ser buenas noticias.

Era un alivio saber que nadie más conocería sus confesiones íntimas, pero al mismo tiempo una parte de ella se sintió decepcionada.

–Richard ha leído tu diario –dijo Tony tras despedirse y dejar el teléfono.

–Y le parece una porquería –supuso ella.

–Le ha encantado.

–No es verdad.

–Sí que lo es.

No, no podía ser. Lucy ni siquiera había ido a la universidad. Los escritores eran gente mucho más culta y sofisticada de lo que ella jamás podría ser.

–Ha dicho que es relato estremecedor.

–No te creo.

–Le gustaría ser tu representante. Ha dicho que será difícil venderlo y que no conviene hacerse ilusiones. Quiere que te lo pienses y que lo llames.

Se sentía como si fuera víctima de una broma pesada. O como si estuviera soñando.

–Es… es increíble.

–A mí no me sorprende lo más mínimo. Estoy convencido de que mucha gente lo comprará.

Después de pasarse tantos años oyendo decir a su madre que nunca llegaría a nada. Pero allí estaba, ante una posibilidad real de que publicaran su obra. La cabeza le daba vueltas por la emoción. Y si encima servía para ayudar a otras personas, merecería la pena intentarlo y demostrarle a su madre que estaba equivocada.

–Nunca imaginé que algo así pudiera pasarme.

–Lo creas o no, eres una mujer extraordinaria.

–Gracias, muchas gracias –lo rodeó con los brazos.

–Yo no he hecho nada. Has sido tú.

–No. Sin ti jamás habría tenido el valor de darle mi diario a un agente. Tú tienes fe en mí, y eso hace que la tenga en mí misma.

–Desde que te conocí supe que estabas destinada a hacer grandes cosas.

Lucy empezaba a creerlo.

Tony estuvo debatiéndose durante varios días. ¿Debería hablar con su madre? ¿Con su padre? ¿Con el tío Demitrio? Si le habían mentido todo aquel tiempo, ¿por qué iban a contarle la verdad?

Su subconsciente debió de decidirlo por él. Tras una comida de trabajo salió del restaurante y regresó a la oficina, pero sin darse cuenta se encontró aparcando frente a la casa de sus padres.

Hizo una rápida llamada y caminó hasta el porche. Su madre abrió la puerta antes de que tuviera tiempo de llamar.

–¡Qué sorpresa! –exclamó ella con una sonrisa que a Tony le pareció forzada–. Pasa, acabo de hacer café.

Tony la siguió a la cocina.

–No me apetece –dijo, pero su madre no pareció oírlo y empezó a sacar tazas, el azúcar y la leche, aunque ambos tomaban el café solo.

Era raro verla tan nerviosa.

–Supongo que papá te habrá contado lo que pasó en casa del abuelo… Rose dijo que conocía nuestros secretos.

–Desde el principio había algo que no me cuadraba en esa mujer –dijo ella, llenándose la taza–. Le dije a tu padre que me parecía una persona muy inestable.

–Es curioso que menciones a mi padre.

¿Por qué no ir directamente al grano si los dos sabían que había algo que confesar?

Tony era un hombre de pocas palabras, y aquella cháchara inútil empezaba a irritarlo.

–Mamá, creo que sabes por qué he venido. ¿Por qué no dices lo que tengas que decir? Después de tantos años piensa en el alivio que te supondría soltarlo.

Ella se cubrió la boca con una mano temblorosa mientras los ojos se le llenaban de lágrimas.

–¿Es Demitrio mi padre?

Sarah cerró los ojos y asintió.

–Sí, lo es.

Tony había creído estar preparado para oírlo, pero no fue así. Sospecharlo y saberlo eran dos cosas muy distintas. Si no hubiera leído el diario de Lucy, su reacción habría sido muy diferente, pero el infierno que ella había sufrido lo ayudaba a ver las cosas en perspectiva.

Aunque el hombre que lo había criado no fuera su padre biológico, a Tony nunca le había faltado de nada. Había recibido el cariño y el cuidado de dos padres buenos y afectuosos. ¿No era eso lo que realmente importaba?

Oyó abrirse la puerta de la calle. Su padre y el tío Demitrio entraron en la cocina.

–¿Qué hacéis aquí? –preguntó su madre, mortalmente pálida.

–Yo les pedí que vinieran –dijo Tony–. Tenemos que hablar de esto todos juntos. Deberíamos haberlo hecho hace mucho tiempo.

Demitrio y su madre intercambiaron una mirada fugaz. Su padre bajó la vista al suelo y sacudió la cabeza.

134

—Me debéis la verdad —les exigió Tony, perdiendo la paciencia ante su poca voluntad de cooperar—. Comportaos como los adultos que sois y hablad.

—Cuidado con ese tono —le advirtió Demitrio.

—No se te ocurra darme órdenes.

—Soy tu padre.

No. No lo era. Su padre era el hombre que lo había criado. Antonio Caroselli.

—Te quiero, y creo que eres un gran hombre, pero no eres mi padre. Ese título hay que ganárselo.

Demitrio puso una mueca.

—No me esperaba que esas palabras pudieran doler tanto.

Debería haberlo pensado treinta y cinco años antes.

—Siempre albergué la esperanza de que algún día pudiéramos tener una relación padre hijo.

—Tal vez, si no hubieras esperado hasta ahora para admitir la verdad.

—Hicimos lo que nos pareció lo mejor para ti —dijo su padre—. Era muy complicado.

—¿Sabías que mi madre estaba embarazada cuando la dejaste? —le preguntó Tony a Demitrio.

—No, pero cuando más tarde supe que estaba embarazada sospeché que era mío. Por desgracia, tu madre ya se había casado con mi hermano, así que no pude hacer nada. No descubrí la verdad hasta muchos años después.

—Podrías haberlo preguntado, si tenías sospechas.

–Pero no lo hice. Y lo lamentaré el resto de mi vida.

–¿Crees que eso hará que me sienta mejor?

Su padre salió en defensa de Demitrio.

–Si necesitas culpar a alguien, cúlpame a mí. Fui yo quien convenció a tu madre para que no se lo dijera. Y cuando la verdad salió a la luz fui yo quien hizo jurar a Demitrio que nunca te lo diría. Él quería que lo supieras, y últimamente nos ha estado presionando para decírtelo. Pero no estábamos preparados.

–¿Y cuándo ibais a estarlo?

–Tienes que entenderlo –intervino su madre–. Solo queríamos lo mejor para ti.

–¿Mintiéndome? –la ira y el resentimiento se apoderaban de él. Intentaba ver las cosas desde otra perspectiva, la de ellos, pero todo le parecían excusas banales–. Todavía tengo que oír una disculpa que sugiera que os importan mis sentimientos. Más bien parece que os estabais protegiendo.

–Es verdad, hemos sido muy egoístas –admitió Demitrio–. Cualquiera podía ver cómo eras de joven. Siempre presente, pero manteniéndote al margen. Escuchando, pero sin participar en la conversación. Era como verme a mí mismo. Sabía que necesitabas la estabilidad de una familia unida. Cuando naciste yo no era más que un joven desconsiderado, inmaduro y sin ningún objetivo en la vida. No habría sido un buen padre para ti.

–¿Y más tarde, cuando me convertí en adulto?

–Cariño –dijo su madre–. Eres un hombre adulto que está a punto de convertirse en padre.

Intenta ponerte en nuestra situación. Imagina que tú y Lucy no os hubierais reencontrado y que dentro de catorce años descubrieras que tienes un hijo. ¿Cuál sería tu respuesta cuando te preguntara por qué no habías estado ahí?

Era una buena pregunta. No tenía derecho a juzgarlos, cuando él había estado a punto de perder la oportunidad de conocer a su hijo.

Cuando Lucy se marchó tuvo la sensación de que algo iba mal y pensó en ir tras ella. Pero la cobardía fue más fuerte y se convenció de que estaba con otra persona. Con alguien mejor que él. La solución lógica, por tanto, fue buscarse a otra.

Había sido el mayor error de su vida. Sus padres no eran perfectos, pero lo querían y él debía confiar en ellos.

—¿Por eso os peleasteis vosotros dos?

Demitrio asintió.

—Estaba presionando a tus padres para que te lo dijeran.

—Pero yo sabía que te pasaba algo —dijo su madre—. No sabía qué, pero mi intuición de madre me decía que no era el momento.

Debió de ser cuando Lucy se marchó y le hizo pasar los dos peores meses de su vida. Si en aquellos momentos le hubieran dicho que su tío era en realidad su padre… Se estremecía solo de pensarlo.

—¿Podrás perdonarnos? —le preguntó su madre, tan consternada que Tony no pudo evitar sonreírle.

—Claro que sí —la abrazó con fuerza y su padre los abrazó a los dos. Demitrio permaneció a unos pasos, solo y marginado.

El nudo que oprimía el pecho de Tony empezó a aflojarse.

–Ven –le dijo a Demitrio. Él vaciló un instante, se acercó y los rodeó a los tres con los brazos.

En aquella ocasión iba a seguir a Lucy y concentrarse en lo que más importaba. El resto podía esperar.

En esos momentos solo quería irse a casa y abrazar a la mujer de sus sueños. La madre de su hijo.

El amor de su vida.

Capítulo Once

El día de la boda fue el más feliz y mágico de la vida de Lucy.

Sarah y las hermanas de Tony estuvieron encantadas de encargarse de todo por ella. Y no escatimaron en gastos. Transformaron el jardín de casa de sus padres en un escenario de ensueño a orillas del lago Michigan, lleno de rosas y lucecitas blancas.

Al recorrer el pasillo, acompañada por los padres de Tony, se sintió como Cenicienta de camino al baile. Con la salvedad de que solo le quedaba una semana para dar a luz.

Cuando vio a Tony esperándola en los escalones del cenador, impecablemente vestido con un esmoquin, el corazón le explotó de felicidad. Pronunciaron sus votos a la luz del crepúsculo, con el murmullo de las olas de fondo. Se intercambiaron los anillos y se besaron por primera vez como marido y mujer, y Lucy supo sin lugar a dudas que había encontrado su cuento de hadas.

Acabada la ceremonia tuvo lugar el banquete. Primero se sirvió una deliciosa cena de cuatro platos, luego se cortó la tarta nupcial y seguidamente los novios tuvieron su primer baile oficial. Y después, como no podía ser menos en la familia Caroselli, la fiesta se convirtió en un desmadre con música a todo volumen al que también se invitó a los vecinos que acudieron para protestar por el ruido. Cuando Lucy se llevó al abuelo a descansar la mitad del vecindario estaba allí.

Era la boda perfecta. El día perfecto... hasta que dejó de serlo.

Lucy estaba volviendo al jardín cuando se tropezó con Carrie, la mujer de Rob, que salía del dormitorio. Era rubia y bonita, de la misma estatura que Lucy, y también estaba embarazada.

Aparte de los ocasionales saludos de rigor en las reuniones familiares, ella y Lucy siempre se habían evitado. Nunca hablaban de ello, pero estaba claro que Carrie la hacía responsable de lo que le había pasado a Alice.

–Una bonita boda –le dijo Carrie. Parecía sincera, pero la expresión de sus ojos inquietó a Lucy–. Mucho más bonita que su última boda –recalcó.

–Carrie, ya sé que no te gusto, y no te culpo.

–Qué amable –comentó Carrie en tono desdeñoso.

–Que sepas que siento mucho lo de Alice.

–¿Te refieres a ser rechazada en el altar? Llámame paranoica, pero no me parece que lo sientas. Alice, en cambio, se quedó destrozada.

No prometía ser una conversación muy agradable.

–Debería volver afuera –dijo Lucy, pero Carrie le cortó el paso.

–¿Sabes si es niño o niña? –le preguntó con una expresión fría y calculadora.

–Me gustaría que fuera una sorpresa, pero estoy casi segura de que es niño.

–Seguro que Tony está muy contento por ello. ¿Cómo es pasearse por ahí con treinta millones de dólares en la barriga?

Lucy frunció el ceño.

–No sé de qué estás hablando.

–Del trato de Tony con su abuelo. Recibirá treinta millones de dólares si tiene un heredero varón. Por eso iba a casarse con Alice. Tenían un trato. Pero entonces apareciste tú, en avanzado estado de gestación… ¿No te parece muy oportuno?

No era cierto. Carrie solo intentaba confundirla y jugar con sus emociones.

–Si tú lo dices.

–Pero antes tenía que casarse contigo. Era parte del trato. Y ya lo ha cumplido.

Todo lo que le decía era falso. No podía ser verdad. Era su modo de vengarse por lo de Alice.

–Pregúntaselo. Él mismo te lo confirmará.

Era lo que Carrie quería. Que Lucy acusara a Tony para que él se sintiera dolido por su falta de confianza.

–Disfruta del resto de la fiesta –le dijo.

Lo haría, por supuesto que sí. No iba a permitir que nada estropease el día más feliz de su vida.

Pero cuando se disponía a salir al jardín sus pies la traicionaron y la llevaron a la habitación donde estaba el abuelo. Llamó a la puerta con el corazón en un puño, deseando que estuviera dormido.

–Adelante.

Abrió y se lo encontró sentado en el borde de la cama, como si la estuviera esperando.

–Tengo que hablar contigo.

–Lo sé –parecía terriblemente cansado y triste.

–¿Has oído lo que me ha dicho Carrie?

Él asintió.

–¿Es cierto?

–¿Por qué no se lo preguntas a tu marido?

–Porque te lo estoy preguntando a ti. ¿Le ofreciste una fortuna a Tony a cambio de un heredero varón?

–El apellido Caroselli corría el riesgo de desaparecer, y esos chicos necesitaban un incentivo para impedirlo.

Lucy sintió que se le rompía el corazón.

–Creía que eras mi amigo… El abuelo que nunca tuve. ¿Cómo has podido conspirar a mis espaldas? ¿Cómo has podido no decírmelo?

–Le debo lealtad a mi nieto. La familia es lo primero.

–Yo no tengo familia. Creía que la tenía, pero ya veo que estaba equivocada –se giró para marcharse.

–Lucy, espera –no estaba acostumbrado a que la gente le diera la espalda, y cuando ella no se detuvo, cambió el tono autoritario por uno más amable–. Lucy, por favor. Todo es por mi culpa.

Ella se detuvo, desgarrada por la desesperación.

–No hagas pagar a Tony por mis errores. Es un buen hombre y un nieto fiel.

Lucy se giró.

–Pero no un marido muy fiel –al menos ya sabía por qué Tony había estado tan ansioso por casarse con ella, y por qué había esperado hasta la ecografía para proponérselo por segunda vez. Todas las cosas que le había dicho sobre ser su heroína…

–Él te quiere, Lucy.

–Seguro que me entenderás si te digo que a veces no basta con eso.

Cerró la puerta tras ella y se alejó, sin saber adónde iba, recordándose que tenía que respirar. Las viejas heridas se abrían y la sangre se le envenenaba por el sufrimiento y la humillación.

Todo encajaba amargamente. Al fin comprendía por qué Tony estaba dispuesto a comprar una casa y gastarte tanto dinero. Lo hacía porque sabía que iba a recibir una fortuna cuando naciera el bebé.

–¿Lucy?

Se giró y vio a Tony tras ella. Las rodillas le temblaron. Era tan atractivo que hacía daño mirarlo. ¿Cómo había podido hacerle eso?

–¿Va todo bien?

Lucy se obligó a sonreír. No iba a darle a Carrie la satisfacción de arruinar su boda, aunque esa boda no fuera más que una ilusión.

–Solo estoy cansada, y llevo toda la tarde con un terrible dolor de espalda.

Al menos aquello era cierto.

–Yo también estoy rendido –se acercó a ella y la

abrazó y la besó en la frente. A Lucy le costó un enorme esfuerzo contenerse y no exigirle una respuesta. Por qué. Por qué le hacía aquello después de todo lo que habían compartido y de todo lo que habían pasado. ¿Cómo podía ser tan frío y despiadado?

Cerró los ojos e intentó no desmoronarse.

–La fiesta está en su apogeo –le dijo él, tomándole el rostro entre las manos–. No creo que nadie nos eche de menos.

Gracias a Dios, porque no estaba segura de cuánto podía seguir soportando.

–¿Qué te parece si nos despedimos y nos vamos a casa?

–Vamos –aceptó con una sonrisa.

Cuando finalmente se subieron al coche a Lucy le dolían las mejillas por las sonrisas forzadas y estaba al borde del colapso nervioso. Quince minutos más, se dijo, y podría desahogarse en solitario y decidir lo que iba a hacer.

Nunca se había sentido tan desgraciada y tan sola.

Arqueó ligeramente la espalda por los dolores en la zona lumbar y bajó la ventanilla para que la brisa le secara las lágrimas.

No era justo. Pero la vida no era justa. Al menos no para ella.

Tony la dejó en la puerta y ella subió mientras él aparcaba. Por un breve instante se sorprendió pensando lo bonito que sería tener un garaje.

¿Qué pasaría a continuación? ¿Habría divorcio? ¿Anulación?

Entró en casa. Habían dejado encendida la luz de la cocina, siempre se olvidaban de apagarla, y la lámpara junto al sofá. Miró sus cosas, todas mezcladas como si realmente pertenecieran a aquel lugar. Pero solo era una ilusión.

Dejó la mochila y entró en el baño con un paquete de pañuelos, pero como era de esperar no pudo derramar ni una sola lágrima. Tal vez estaba tan destrozada por dentro que se había vuelto completamente insensible.

Fue al dormitorio y se tumbó en la cama a oscuras. ¿Qué debería hacer? ¿Preparar la maleta? ¿Esperar?

Oyó entrar a Tony y el tintineo de las llaves al dejarlas en la mesa.

–¿Sigues despierta? –le preguntó Tony al verla tendida en la cama, como una ballena varada en la playa.

Solo quería cerrar los ojos y dormir durante un mes entero, pero al mismo tiempo sentía que no podría volver a dormir. Tony le había vuelto su mundo del revés.

–Estoy despierta.

Él encendió la lámpara de la mesilla.

–Es una lástima que no podamos hacer nada.

–El médico dijo que nada de sexo en el último mes. No querrás inducirme un parto prematuro, ¿verdad? –cambió de postura por los terribles dolores de espalda.

–Pareces incómoda –observó él.

–Pues claro que estoy incómoda –espetó–. Estoy embarazada de ocho meses y medio, gorda como una vaca, mis pies parecen globos y la espalda me duele horrores.

Tony hizo una mueca, como si pudiera sentir su dolor.

–¿Y si te giras de costado y te abrazas a la almohada?

Lucy deseó que no fuera tan atento con ella. Parecía sinceramente preocupado. Y la verdad era que se sintió mejor al ponerse de costado.

Pero no podía seguir así, actuando como si nada hubiera ocurrido, cuando tenía el corazón roto. Tenía que decir algo.

Tony entró en el baño y se puso a lavarse los dientes.

–Parece que Rose acertó al hablar de los secretos de familia, ¿no? –dijo, y oyó que Tony murmuraba algo incomprensible–. Porque todo el mundo tiene secretos. Incluido tú.

Tony asomó la cabeza por la puerta del baño y sonrió, con la barbilla manchada de pasta dentífrica.

–Mi vida es un libro abierto.

Al que le faltaban páginas.

–¿Estás seguro? –le oyó enjuagarse la boca y se lo imaginó secándose la barbilla y dejando la toalla de cualquier manera en el toallero. Conocía su rutina como la palma de su mano.

Tony salió del baño en calzoncillos.

–No se me ocurre nada.

–Piénsalo bien.

Él se sentó en la cama y le acarició la barriga.

–¿Qué ocurre, Lucy? ¿Sucedió algo en la fiesta? ¿Alguien te ofendió?

Lucy optó por no acusar a Carrie, ya que solo estaba apoyando a su mejor amiga.

–Treinta millones de dólares.

Tony agachó la cabeza y masculló una maldición.

–¿Quién te lo ha dicho?

–Eso no importa.

–No sé ni qué decirte. Has de saber que no es por el dinero. Nunca fue por el dinero.

–¿Se supone que debo creerte?

–Bueno… –repuso él tranquilamente, como si solo fuera un malentendido–. Pensaba que a estas alturas ya confiabas en mí, pero si necesitas pruebas, las tengo.

–Pues demuéstralo.

–No puedo. Aún no.

–¿Aún no? ¿Qué significa eso?

–Puedo demostrar que te estoy diciendo la verdad. Pero no puedo hacerlo ahora mismo.

Lucy se incorporó con esfuerzo.

–¿Por qué no?

–Porque he hecho una promesa.

–Una promesa al abuelo.

–No, no al abuelo.

–¿Entonces a quién?

–Eso no puedo decírtelo.

–¿Por qué no?

–Si te dijera a quién he hecho la promesa estaría rompiendo la promesa.

–¿Te das cuenta de que nuestro matrimonio pende de un hilo?

–Sí, pero aun así no puedo decírtelo.

¿Qué podía ser tan importante para que Tony estuviera dispuesto a poner en riesgo su matrimonio? ¿Y cómo podría demostrarle que no se había casado por dinero?

Se devanó los sesos en busca de una explicación. ¿A quién le había hecho Tony una promesa? ¿Y por qué demonios no podía decírselo?

Entonces lo comprendió y una carcajada histérica le brotó del pecho. Era ella a quien le había hecho esa promesa. Y eso significaba que…

–¡Vamos a tener una niña!

La sonrisa de Tony se lo confirmó. Iban a tener una niña y él lo había sabido todo aquel tiempo, pero había prometido que no se lo diría. Y ella, en vez de darle el beneficio de la duda se había precipitado en sacar conclusiones y se había amargado sin ningún motivo.

–Soy una idiota…

–No. Yo debería haberte dicho lo del dinero –admitió él–. Pero se lo había prometido al abuelo…

–Y la familia es lo primero –concluyó ella.

–No. Tú eres lo primero. Tú y la niña. Y siempre será así –la abrazó y la besó en los labios–. Te quiero, Lucy.

–Podrías habérmelo dicho. Puedes confiar en mí.

–Lo fastidié todo. No quería ser ese tipo de hombre.

–¿Qué tipo de hombre?

–El que en el fondo sabe que no se merece a la mujer a la que ama y piensa que si le contase toda la verdad ella nunca lo perdonaría por ser tan estúpido.

¿Perdonarlo? Era lo que más le gustaba de él.

Tony le dio un beso en la cabeza.

–Lucy, me quedé fatal cuando me dejaste. Y sí, admito que he tomado algunas decisiones bastante desafortunadas, como no decirte la verdad inmediatamente. Lo eché todo a perder una vez, y seguramente lo volveré a hacer, porque al parecer así soy yo.

Lucy podría vivir con eso.

–Hay una cosa que me ha estado intrigando –dijo él–. ¿Cómo sabías que iba a casarme con Alice? ¿Quién te lo dijo?

–Un amigo.

–¿Quién?

–El correo lo firmaba «un amigo». No reconocí la dirección.

Tony se echó a reír.

–¿Estás diciendo que no sabes quién te lo envió?

Ella se mordió el labio y negó con la cabeza.

–Pues tuviste una confianza ciega en ese desconocido.

Confianza o simple estupidez. Fuera como fuera, todo había acabado como debía acabar. Rodeó a Tony con los brazos y se apretó contra él.

–Siento no haber confiado en ti. No volverá a pasar.

–No lo creo. Seguramente desconfiarás de nuevo… porque así eres tú.

Lucy odiaba admitirlo, pero Tony tenía razón. Estaba en su naturaleza no confiar en las personas. Lo llevaba grabado en el alma.

–Lo siento. Me esfuerzo en cambiar, pero…

Él le acarició la mejilla.

–Tranquila, todo cambio lleva su tiempo. Y al final lo conseguiremos. Los dos. Nadie dijo que fuera una tarea fácil, ¿verdad?

No, no lo era. Y ellos lo hacían aún más difícil.

–Desde ahora, si hay algún problema lo resolveremos entre nosotros antes que nada.

–De acuerdo –aceptó él. Le frotó la espalda y ella se arqueó por el dolor–. Túmbate. Te daré un masaje.

Ella se acurrucó de costado abrazada a una almohada.

–¿De nuevo la ciática? –le preguntó Tony mientras le masajeaba suavemente la zona lumbar.

–No, es más bien un espasmo.

–¿Con qué frecuencia los tienes?

–No estoy segura… No he llevado la cuenta.

–Pues quizá deberíamos llevarla.

–Solo es un dolor de espalda.

–¿Estás segura? Recuerdo que mi prima Jessica tuvo dolores de espalda cuando dio a luz.

–Es demasiado pronto para dar a luz.

–Estás de treinta y ocho semanas. Puedes romper aguas en cualquier momento.

–Tony, no voy a parir esta noche. No estoy preparada.

Capítulo Doce

Tony se despertó a las tres y media y no vio a Lucy en la cama. Dio por hecho que estaba en el baño y volvió a dormirse. Volvió a despertarse varias horas más tarde, cuando ya estaba amaneciendo, y descubrió que seguía solo en la cama.

Se levantó, se puso unos vaqueros y fue a buscarla. La encontró en la cocina, tomando una taza de té y con el rostro desencajado con una mueca de dolor.

—¿Buenos días? ¿Te sigue doliendo la espalda?

—Me está matando… Creo que tenías razón. Voy a romper aguas.

Cuando llegaron al hospital, Lucy solo había dilatado dos centímetros. Al cabo de tres horas, en las que Tony y su madre se turnaban para estar junto a ella, la dilatación solo había aumentado un centímetro.

La enfermera le puso una inyección para acelerar el proceso, y el intervalo de las contracciones se redujo de seis a dos minutos. Hasta ese momento Lucy había rechazado la epidural o cualquier otro medicamento.

Tony asistía al suplicio de Lucy con una mezcla de miedo, emoción y orgullo. Lucy era verdaderamente su heroína. Si por él fuera, habría que concederle una medalla a cada mujer que daba a luz. En lo referente a la resistencia al dolor, Lucy estaba demostrando una voluntad de hierro.

–Espero que esté contenta de ser hija única –masculló Lucy en una contracción especialmente dolorosa–. Porque ni loca paso otra vez por esto.

–Eso lo dicen todas –le aseguró Sarah mientras le secaba el sudor de la frente con una toallita–. Pero pocas lo cumplen.

Tony le besó la frente y le apartó el pelo mojado.

–Lo estás haciendo muy bien, Lucy. Estoy muy orgulloso de ti.

–Yo solo quiero que se acabe el dolor –declaró ella.

–Solo un poco más –la animó él.

Varias contracciones después, cuando la enfermera acudió para comprobar los progresos, Lucy le suplicó que le suministrara la epidural.

–Lo siento, cariño, pero ya estás dilatada del todo. Ahora toca empujar.

El bebé pesaba tres kilos doscientos y tenía el pelo negro, los ojos de Lucy y la nariz de Tony.

Y tenía pene.

–No puedo creerlo –dijo Tony mientras acunaba a su hijo en la mecedora, junto a la cama de Lucy.

Desde que el médico anunciara que era un chico no había dejado de sonreír.

–Habría jurado que vi el sexo de una niña en la ecografía.

–Menos mal que no me lo dijiste, porque lo habría comprado todo de color rosa.

–¿Te das cuenta de que si Rob y Nick no tienen un hijo este pequeñín será el único que perpetuará el apellido de los Caroselli?

–Solo si él quiere. Nuestro hijo será lo que quiera ser. Ni más ni menos.

La madre de Tony había estado con ellos en el parto, y su padre se les unió poco después, radiante de felicidad por su tercer nieto. Las flores y las visitas empezaron a llegar y pronto no cupo ni un alfiler en la habitación. Alguien llevó cigarros de chocolate y todo el mundo brindó con sidra. Eran escandalosos, entrometidos y excéntricos, pero Lucy los quería y se sentía una de ellos.

Rob se presentó en solitario y se sentó en el borde de la cama tras echarle un rápido vistazo al bebé, que dormía en brazos de su padre.

–En nombre de mi mujer me gustaría pedirte disculpas, Lucy. Lo que hizo fue imperdonable.

En realidad Carrie le había hecho un favor, porque le había hecho darse cuenta de lo importante que era confiar en Tony.

–No tienes que disculparte. Todo ha salido bien.

–Carrie se siente fatal. Últimamente había acumulado mucha tensión y lo pagó contigo.

–Todos cometemos errores.

Estaba siendo otro día perfecto. Hasta que apareció el abuelo. Lucy tenía motivos para estar disgustada con él, pero su felicidad era demasiado grande como para que nada pudiera arruinarla. Cierto que él nunca sería para ella más que el abuelo de Tony, pero podía vivir con eso. Mientras tuviera a Tony y a su hijo no necesitaría a nadie más.

Poco a poco todos se fueron marchando, hasta que solo quedaron los padres de Tony y el abuelo.

–Me gustaría hablar a solas con mi nieto –dijo el abuelo, y los padres se marcharon–. Tengo algo para ti –se volvió hacia Tony–. En el bolsillo de mi camisa.

Tony sacó una hoja doblada.

–¿Es un cheque?

El abuelo asintió. Tony lo desdobló y se quedó con la boca abierta.

–Es… un cheque por diez millones de dólares.

–Así es.

–No puedo aceptarlo. De ninguna manera.

–Es tu indemnización por despido.

–¿Cómo? ¿Me estás diciendo que estoy despedido?

–Desde hoy.

–Pero… –sacudió la cabeza y se echó a reír–. ¿Cómo sabías que quería dejar la empresa?

–Siempre te he considerado el más leal de mis nietos, e intento saber lo que es mejor para ti.

–Fuiste tú, ¿verdad? Tú fuiste el amigo –marcó

las comillas con los dedos– que envió el correo electrónico a Lucy diciéndole que viniera. Sabías lo de Lucy y su embarazo, ¿verdad? Y querías volver a juntarnos.

–Tienes mucha imaginación, Antonio.

–La verdad es que siempre me he considerado como un hombre eminentemente práctico, igual que mi abuelo. Si tuviera que sobornar a mis nietos con treinta millones de dólares, daría por hecho que una vez que se enamoraran y casaran ya no querrían el dinero.

Y eso era exactamente lo que había sucedido. ¿Lo había sabido Tony desde el principio? ¿Estaba insinuando que su abuelo nunca tuvo la verdadera intención de darles treinta millones de dólares a sus nietos?

–Jóvenes –dijo el abuelo sacudiendo la cabeza, pero no consiguió engañar a nadie. Aunque no lo admitiría ni en millón de años.

Cuando dijo que estaba cansado, Tony lo acompañó al coche y volvió para abrazar a Lucy y a su hijo en la cama.

Y Lucy no podría sentirse más feliz.

–¿Sabes? –dijo él–. Siempre me disgustó que el abuelo se creyera con el derecho de decirle a todo el mundo qué hacer y cómo hacerlo, pero mira lo felices que somos. Y Rob y Nick igual. Creo que el abuelo sabía lo que era mejor para todos nosotros.

–Me da igual que lo supiera o no. Lo que importa es que estamos juntos.

–¿Sabes lo que más me asusta? Que con noventa y dos años haya sido capaz de montar todo este tinglado y conseguir exactamente lo que quería.

–Cierto –corroboró ella–, pero creo que te olvidas de algo.

–¿De qué?

Lucy sonrió y lo beso.

–De que nosotros también lo hemos conseguido.

TENTACIÓN ARRIESGADA

ANNE OLIVER

Lissa Sanderson estaba pasando por el peor momento de su vida, y justo entonces tuvo que aparecer el mejor amigo de su hermano, el guapísimo e inaccesible Blake Everett, del que siempre había estado enamorada a pesar de su mala reputación y su carácter reservado y solitario.

Pero Lissa ya no era una adolescente cándida y soñadora, y Blake no era tan inmune a sus encantos de mujer como aparentaba ser...

¿Caería en la tentación el taciturno e irresistible Blake?

¡YA EN TU PUNTO DE VENTA!

Acepte 2 de nuestras mejores novelas de amor GRATIS

¡Y reciba un regalo sorpresa!

Oferta especial de tiempo limitado

Rellene el cupón y envíelo a
Harlequin Reader Service®
3010 Walden Ave.
P.O. Box 1867
Buffalo, N.Y. 14240-1867

¡Sí! Por favor, envíenme 2 novelas de amor de Harlequin (1 Bianca® y 1 Deseo®) gratis, más el regalo sorpresa. Luego remítanme 4 novelas nuevas todos los meses, las cuales recibiré mucho antes de que aparezcan en librerías, y factúrenme al bajo precio de $3,24 cada una, más $0,25 por envío e impuesto de ventas, si corresponde*. Este es el precio total, y es un ahorro de casi el 20% sobre el precio de portada. ¡Una oferta excelente! Entiendo que el hecho de aceptar estos libros y el regalo no me obliga en forma alguna a la compra de libros adicionales. Y también que puedo devolver cualquier envío y cancelar en cualquier momento. Aún si decido no comprar ningún otro libro de Harlequin, los 2 libros gratis y el regalo sorpresa son míos para siempre.

416 LBN DU7N

Nombre y apellido	(Por favor, letra de molde)	
Dirección	Apartamento No.	
Ciudad	Estado	Zona postal

Esta oferta se limita a un pedido por hogar y no está disponible para los subscriptores actuales de Deseo® y Bianca®.
*Los términos y precios quedan sujetos a cambios sin aviso previo.
Impuestos de ventas aplican en N.Y.

SPN-03   ©2003 Harlequin Enterprises Limited

Quedó hechizado por su inocente belleza

Condenada a una vida de normas y restricciones, la princesa Leila de Qurhah se sentía como una marioneta que bailara al son que tocaba el sultán. Desesperada por conseguir ser libre, sabía que solo había un hombre que tuviera la llave para abrir el candado de su prisión.

Lo último que se había esperado el famoso magnate de la publicidad Gabe Steel al llegar al reino de Qurhah era encontrarse a una atractiva joven en su habitación de hotel… y que le pidiera trabajo. Desconocía su condición de princesa y hasta dónde iba a estar dispuesto a llegar para salvarla del escarnio público.

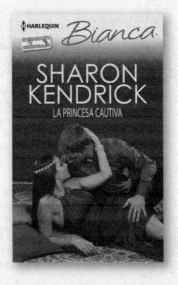

La princesa cautiva

Sharon Kendrick

Deseo

CÓMO SEDUCIR AL JEFE

JILL MONROE

Era la ayudante perfecta, o al menos lo fue hasta que accedió a que la hipnotizaran en una fiesta. De la noche a la mañana, la eficiente y recatada Annabelle Scott se convirtió en toda una seductora que se pasaba el día pensando cuál de sus atrevidos atuendos sorprendería más a su jefe, Wagner Achrom.

Wagner era muy atractivo y tan adicto al trabajo que apenas notaba que Annabelle existía. Pero ella tenía intención de hacer que todo eso cambiara, pues se había dado cuenta de lo que se podía lograr si se era lo bastante atrevida.

Ser mala podía llegar a ser algo muy, muy bueno...

¡YA EN TU PUNTO DE VENTA!